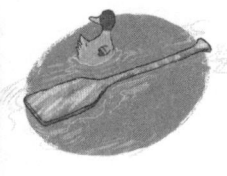

SABINE ZETT

Oh, du heiliger Bimbam

Pfarrer Jo sorgt für Wirbel

SABINE ZETT

Oh, du heiliger Bimbam

Pfarrer Jo sorgt für Wirbel

Mit Illustrationen von
Thorsten Saleina

HERDER

FREIBURG · BASEL · WIEN

Umschlagillustration: Thorsten Saleina
Umschlaggestaltung: Veronika Preisler
Layout und Satz: Sandra Hacke
Druck: CPI books GmbH, Leck
Printed in Germany

ISBN 978-3-451-71206-7

Für meine Kinder

Inhalt

Weinen mit Weihrauch?

Ratter-ratter-ratter.
Papa mäht den Rasen. In meinem Zimmer. Gleichzeitig spielt er Tennis. Links hält er den Rasenmäher und fährt über meinen Teppich. Mit der rechten Hand schlägt er Tennisbälle gegen die Zimmerwand.
Ratter-ratter-ratter.
Ich wusste gar nicht, dass mein Vater so gut am Ball ist! Wenn nur der Rasenmäher nicht so laut wäre!
Das Geräusch ist nervig!

„Kinder! Aufstehen! Lukas? Mach deinen Wecker endlich aus!" Die Stimme, die den Rasenmäher übertönt, gehört eindeutig Mama, aber ich kann sie nirgends erkennen.

„Lukas! Annika! Es ist schon kurz nach halb neun!"

Ratter-ratter-ratter.

Auf einmal weiß ich, was so nervt.

Ich schlage die Augen auf, taste nach dem Wecker auf meinem Nachttisch und drücke darauf. Das Rattern verstummt. Es war alles nur ein Traum, wie schade!

Es klopft wieder. Aber das sind nicht die Tennisbälle in meinem Traum, sondern jemand an der Tür. „Los jetzt! Ab ins Bad mit euch! Pfarrer Kruse wartet nicht!" Mamas Stimme wird ein wenig schriller. „Ich habe keine Lust, wieder so abgehetzt in die Kirche zu kommen."

Ja, ja.

Bla, bla.

Ist schon klar.

Vor allem will sie nicht, dass die anderen Leute uns beim Zuspätkommen ertappen.

Es ist mal wieder Sonntag und das bedeutet, dass wir in die Kirche gehen müssen. Mit Betonung auf müssen, denn freiwillig wollen das weder Annika noch ich.

Es ist immer so langweilig dort!

„Mama?", höre ich die Stimme meiner jüngeren Schwester. „Ich bin noch so müde. Kann ich zu Hause bleiben?"

Ich richte mich im Bett auf. Annika war gestern Abend auf dem Kindergeburtstag ihrer Freundin und kam höchst vergnügt nach Hause. Ob Mama ihr das jetzt erlauben wird?

„Nein, junge Dame. Du gehst mit, das haben wir dir bereits gestern gesagt", antwortet stattdessen Papa. „Wer zu Partys gehen kann, der geht auch in die Kirche. Raus aus den Federn! Lukas? Bist du schon aufgestanden?" Er steckt seinen Kopf in den Türspalt. „Hey! Jetzt aber schnell!"

Ich seufze. „Papa, ich hab keine Lust auf

den Gottesdienst! Pfarrer Kruse nuschelt, und man versteht ihn nur ganz schlecht. Außerdem macht er bestimmt wieder eine ganze Stunde, wo doch fünfundvierzig Minuten Kirche auch reichen würden."

„Aber wir gehen trotzdem hin."

Ich rege mich auf. „Papa! Die Predigt kapiere ich sowieso nicht, deshalb höre ich auch nicht zu. Und die Lieder, die wir dort singen, sind komisch und haben meistens hundertzwanzig Strophen!"

„Jetzt übertreib aber nicht", meint mein Vater. Dann senkt er die Stimme. „Bei den Liedern gebe ich dir recht. Die Melodien sind … gewöhnungsbedürftig, aber das liegt daran, weil sie schon vor Hunderten von Jahren komponiert wurden. Wenn du mich nicht bei Mama verpetzt, dann verrate ich dir, dass ich auch nur so tue, als ob ich mitsinge."

Ich grinse. „Das wissen wir alle längst. Du bewegst nur die Lippen. Mama ist sowieso die Einzige, die die Noten richtig lesen und das Zeug singen kann. Ich verstehe nicht, warum wir keine moderne Musik in der Kirche haben."

„Lukas? Annika? Kommt ihr endlich? Das Frühstück wartet! Viel Zeit haben wir nicht mehr! Sonst geht ihr ohne Essen in die Kirche!"

Diese Androhung wirkt. Ohne Frühstück eine langweilige Messe durchstehen geht gar nicht.

Ich springe aus dem Bett und laufe ins Bad, wo meine Schwester sich das Gesicht wäscht. Das heißt, sie spült sich eigentlich nur die Augen aus.

„Ich mache eine Katzenwäsche, zum Duschen bleibt jetzt keine Zeit. Warum muss der Sonntag bei uns immer so blöd anfangen?", meckert sie. „Hoffentlich will Mama nicht schon wieder so weit vorne sitzen! Wenn die mal wieder mit dem Weinrauch kommen, dann wird mir schlecht!"

„Es heißt Weihrauch!"

Annika dreht den Wasserhahn zu. „Echt? Es sollte besser Weinrauch heißen, denn

wenn mir schlecht ist, dann muss ich
weinen."

„Dann lass uns uns direkt in die erste Reihe
setzen", schlage ich vor. „Wenn du dich

übergeben musst, dürfen wir vorzeitig nach Hause abhauen"

Annika lacht. „Eine gute Idee. Das muss ich unbedingt gleich meiner Freundin erzählen."

„Nein! Bist du verrückt?", rufe ich. „Verrate doch nicht immer alles! Das ist unser geheimer Plan, verstehst du? Sei doch nicht immer so ein Baby!"

„Ich bin im dritten Schuljahr! Wenn ich ein Baby bin, dann bist du es auch!" Annika sieht beleidigt aus.

„Ich bin älter!"

„Pah! Ein Jahr! Das ist gar nichts!"

Ich verdrehe die Augen, lenke aber ein. „Okay, okay. Aber du sollst es trotzdem niemandem sagen."

Meine Schwester schaut mich fragend an. „Warum? Mir wird echt schlecht von dem Geruch."

Ich zucke mit den Schultern. „Ist doch super, dann brauchst du nicht zu schwindeln."

„Also muss ich wirklich erst brechen? In der Kirche?" Annika sieht nicht begeistert aus. „Ich will aber nicht!"

„Es reicht, wenn du dafür sorgst, dass dir übel wird, und dann gehen wir wieder", beschwichtige ich sie. „So wie vor einigen Wochen, als ich diese schlimmen Bauchschmerzen hatte."

Meine Schwester nickt. Ich würde unter keinen Umständen zugeben, dass sie gar nicht so schlimm gewesen sind, ich aber die Gelegenheit ergriffen hatte, uns die komplette Messe zu ersparen. Gähn, war die langweilig!

„Warum wirst du eigentlich kein Messdiener?", fragt Annika, während sie sich die Haare kämmt. „Die meisten aus eurer Kommuniongruppe machen das doch. Und dann könntest du jetzt auch mit dem ekligen Weinrauch …"

„Weihrauch!"

„… Weihrauch, ja, ja, also damit herumlaufen."

Ich schüttele den Kopf. „Messdiener bei Pfarrer Kruse? Vergiss es! Das ist nichts für mich."

Meine Schwester nickt. „Er guckt immer so streng. In der Kirche verzieht er keine Miene. Ich glaube, ich habe ihn noch nie richtig lachen gesehen. Und er ist alt. Nicht so alt wie der Papst, aber alt."

„Woher weißt du denn, wie alt der Papst ist?", wundere ich mich, und Annika sieht mich mit wichtiger Miene an. „Der Papst muss sehr alt sein. Oma sagt, die haben noch nie einen jungen Mann zum Papst gewählt."

In der Küche sitzen unsere Eltern schon am gedeckten Frühstückstisch. „Wir haben nicht viel Zeit", erklärt Mama und deutet auf die Uhr. „Oma kommt gleich vorbei, und dann müssen wir auch schon los, also gebt Gas."

Ich stopfe mir ein Brötchen mit Marmelade in den Mund und ärgere mich weiter. So viel Hektik! So was von ungemütlich!

„Hat Pfarrer Kruse eigentlich noch Zähne im Mund?", frage ich und mache ein ganz unschuldiges Gesicht.

„Lukas?! Was soll denn diese Frage?" Mama wirkt leicht wütend.

„Wieso?", verteidige ich mich. „Er macht beim Sprechen kaum die Lippen auseinander. Vielleicht versteht man ihn deshalb nicht. Weil er keine Zähne hat. Er ist doch schon alt und hat eine ziemliche Glatze. In dem Buch über den Körper des Menschen stand, dass einem irgendwann auch die Zähne ausfallen. "

„Lukas Weber!", sagt Mama ein wenig lauter, und Papa fängt an zu kichern.

Jetzt funkelt Mama Papa ganz böse an, aber bevor noch jemand etwas sagen kann, klingelt es an der Tür.

Oma ist da. Sofort laufen Annika und ich ihr entgegen. „Hallo, Oma!"

„Habt ihr das Morgengebet gesprochen?", will sie als Erstes wissen, und wir verdrehen die Augen.

„Muss man denn morgens auch beten?",
frage ich. „Auch wenn man sich beeilt?"
Das ist ihr Stichwort, denn sie schaut sofort
auf die Uhr. „Ui, jetzt müssen wir aber los!
Ich will nicht zu spät kommen!", ruft sie.
„Habt ihr euch schon die Zähne geputzt?
Beeilt euch!"
Während wir ins Bad laufen, höre ich, wie
Oma sich mit meinen Eltern unterhält. „Ich
werde mich auf keinen Fall neben Irene
hinsetzen und ihr beim Friedensgruß die
Hand reichen! Ich habe mich so über sie
geärgert!"
„Aber sie ist doch deine beste Freundin!",
sagt Mama.
„Jetzt nicht mehr!"
Mama fragt nach den Gründen, und Oma
erzählt von ihrem Koch-Club.
„Und dann sagt doch Irene, ich sei schuld,
weil ich angeblich die falschen Gewürze
hatte! Ich habe ihr ordentlich die Meinung
gesagt, das kannst du mir glauben!"
Mama seufzt. „Und jetzt?"

„Jetzt reden wir nicht mehr miteinander. Hoffentlich ist sie heute gar nicht in der Kirche! Ich will ihr gar nicht begegnen."

„Aber Irene und du, ihr seid schon so lange befreundet!"

Fünf Minuten später gehen wir alle zusammen in Richtung Sankt-Anna-Kirche. Sie liegt nur fünf Minuten Fußweg von uns entfernt, und deshalb müssen wir natürlich laufen. Zum Glück ist noch August, und das Wetter schön, denn wenn wir jetzt durch Pfützen laufen müssten, wäre meine Laune noch schlechter. Ich habe nämlich immer noch keine Lust auf den Gottesdienst und ärgere mich, dass es jeden Sonntag unsere „Pflicht" ist, wie meine Eltern sagen.

„Denk an die Übelkeit!", erinnere ich leise meine Schwester. „Nur dann kommen wir auch schneller weg!"

Ich hoffe, dass die Messdiener mit richtig viel Weihrauch kommen.

Unsere Kirche liegt am Ende einer Allee und ist von hohen Bäumen umgeben. Sie

ist fünfeckig und ganz aus Holz gebaut. Die
Tür ist weit geöffnet, und vor ihr steht ein
Mann, der jedem Ankömmling die Hand
schüttelt. Er trägt eine Jeans und ein T-Shirt
mit der Aufschrift „Happy Day".

„Wer ist das?", frage ich, aber niemand kann mir eine Antwort geben.

„Keine Ahnung", sagt Papa. „Vielleicht ein Theologiestudent, der hier aushilft? So eine Art Praktikant?"

„In der Kirche?", wundert sich Oma. „Oder haben wir einen neuen Küster?"

„Wo denkst du hin?", antwortet Mama. „Herr und Frau Prechtel haben diesen Job auf Lebenszeit."

Und ihr Sohn Ron wird wohl genauso lang Messdiener sein. Er ist ein Jahr älter als ich und geht auf die weiterführende Schule im Nachbarort. Ich mag ihn nicht besonders, weil er sich immer aufspielt und total wichtig tut.

Als Sohn des Küsterehepaares hängt er viel in der Kirche herum, und so hat es niemanden gewundert, als er vor fast zwei Jahren auch Messdiener wurde. Er ist übrigens immer derjenige, der mit ganz wichtiger Miene am Altar steht.

„Einen schönen guten Morgen!", ruft uns

der Mann entgegen. „Ich darf euch in der Sankt-Anna-Kirche herzlich willkommen heißen!"

„Danke", antwortet Oma für uns alle. „Wer sind Sie denn überhaupt?"

„Ich bin der Jo", antwortet der Mann und lächelt uns fröhlich an. „Wer seid ihr denn?"

Ich sehe, wie Mama die Augenbrauen hochzieht. Dass er uns einfach so duzt, findet sie garantiert nicht gut. Oma sieht auch nicht begeistert aus, nur Papa hat das offenbar nicht so ganz mitbekommen, denn er schaut auf die Uhr.

„Oh, wir müssen rein. Der alte Kru... ich meine ... der Herr Pastor fängt gleich an."

„Was? Schon halb zehn? Entschuldigung, aber wir haben keine Zeit zu plaudern!" Mama schiebt Annika und mich in die Kirche, dicht gefolgt von Oma.

„Wartet, bitte! Ich wollte mich doch noch vorstellen", ruft uns der Mann hinterher,

aber wir sind schon drin, und ich höre
nur noch, wie Papa hinter mir irgendetwas
davon murmelt, dass man sich nach dem
Gottesdienst sicher noch sehen würde.

Gegenseitig duzen?

In der Kirche sind die Bänke wie immer etwa zu zwei Drittel gefüllt. Die meisten Köpfe sind grau, und nur vereinzelt sind Familien mit Kindern zu sehen. Unsere Gemeinde ist zwar klein, aber es kommen auch meistens nur die gleichen Leute zur Messe. Und das sind nicht so viele.

Ich staune immer an Heiligabend und Ostern, wie voll es auf einmal wird. Einen guten Sitzplatz bekommt man dann nur, wenn man mindestens eine Stunde vorher da ist. Ansonsten stehen alle dicht gedrängt bis ganz nach hinten und kämpfen um jeden freien Zentimeter.

„Denk dran! Nicht neben Irene!", zischt Oma Mama zu. „Sie sitzt in der fünften Bank!"

„Lass uns hinten bleiben, dann können wir schnell wieder rausgehen", sagt meine Schwester, aber meine Mutter dirigiert uns mal wieder an allen Leuten vorbei bis in die zweite Reihe.

Sie, Papa und Oma lächeln links und rechts und nicken fast allen zu. Annika entdeckt zwei Freundinnen, denen sie zuwinkt, und ich sehe Marco aus meiner Klasse, der mit seinen Eltern in der Bank hinter uns sitzt und genauso gelangweilt aussieht, wie ich mich fühle.

Als wir vor ein paar Monaten zur Erstkommunion gegangen sind, waren wir zwölf Kinder, aber danach habe ich die meisten nicht mehr in der Kirche gesehen. Haben die ein Glück, dass sie zu Hause bleiben dürfen!

Sobald wir in der Bank sitzen, verteilt Mama
die Gesangbücher, und ich frage mich, wo-
für wir sie brauchen. Außer Oma und ihr
wird sowieso niemand von uns singen.

„Denk daran, dass du uns hier rechtzeitig
rausholst!", flüstere ich meiner Schwester
zu. „Ich hoffe, dass sie heute mit dem Weihrauch kommen. Sobald es nur zu sehen ist,
kannst du so tun, als ob dir schlecht ist!"

„Aber mir wird wirklich übel!", flüstert Annika zurück. „Das passiert jedes Mal!"

Hoffentlich schaffen wir es rechtzeitig hinaus! Ich rücke ein ganzes Stück von ihr weg. Da bimmelt schon das kleine Glöckchen an der Sakristei, die Orgel setzt an, und wir müssen uns hinstellen.

Der Gottesdienst fängt an.

Ron und Louis sind heute die Messdiener und sie sehen ziemlich irritiert aus, als sie in ihren Gewändern herauskommen. Die beiden drehen sich immer wieder nach hinten um und tuscheln miteinander, während sie zum Altar schreiten.

„Wo ist der Pastor?", fragt Annika halblaut. „Die Messdiener sind ja alleine."

Ja, das sind sie wirklich, und die Gemeindemitglieder fangen an zu flüstern. Ich glaube, außer meiner Mutter singt niemand mehr das Eingangslied.

„Vielleicht ist Pfarrer Kruse schlecht geworden?", mutmaßt meine Schwester. „Er hat womöglich jetzt eine Weinrauch... ähm ...

Weihrauchallergie entwickelt. Und dann muss er jetzt in der Sakristei ko..."

„Guck mal!" Ich unterbreche sie und zeige auf den Mittelgang. Dort läuft gerade breit lächelnd der Mann auf den Altar zu, der uns vorhin am Eingang begrüßt hat. „Was macht der denn da?"

Mama lässt das Gesangbuch sinken. Alle starren ihn an. Oma zieht die Augenbrauen hoch.

„Vielleicht ist er ein Arzt, den jemand gerufen hat?", sagt Papa, der offenbar Annikas Überlegungen mit angehört hat.

Der Mann erklimmt die Stufen zum Altar und stellt sich ans Mikrofon. Der Organist scheint ihn ebenfalls entdeckt zu haben und er beendet mit einigen schiefen Tönen das Lied. Oder es waren die richtigen Noten, und es hat sich nur mal wieder komisch angehört, keine Ahnung.

„Liebe Kinder, liebe Erwachsene", sagt der Mann lächelnd. „Bitte nehmt Platz. Einige von euch habe ich vorhin schon persönlich begrüßen können. Mein Name ist Joachim Förster. Was ich euch allerdings noch nicht gesagt, sondern es mir als kleine Überraschung aufgespart habe ..." Er holt tief Luft und strahlt dann. „Ich habe das Glück, für die nächsten Monate eure Sankt-Anna-Gemeinde betreuen zu dürfen. Ich bin euer neuer Pastor und hoffe sehr auf eure Freundschaft und Unterstützung."

Ein Raunen geht durch die Bänke, und Mama sieht Papa fragend an. „Was? Warum?"

„Pastor Kruse hat leider ein paar gesundheitliche Probleme und hat sich vom Bistum beurlauben lassen", fährt der Pfarrer fort. „Er befindet sich derzeit in einem Kloster in Österreich, das in der Nähe eines Kurzentrums liegt, wo er sich mehrere Monate erholen wird. Er lässt euch alle ganz herzlich grüßen. Ach, und übrigens: Bitte, nennt mich alle Jo."

Wieder ein Raunen. Mama sieht Papa an und schüttelt leicht den Kopf. Sie scheint sprachlos zu sein, und das kommt sehr selten vor.

„Heißt das, dass wir du zu ihm sagen dürfen?", fragt meine Schwester. „Cool."

„Nix da cool!", meint Oma energisch. „Du sagst Herr Pastor Förster zu ihm."

„Bevor wir mit dem Gottesdienst beginnen", sagt Pfarrer Jo, „hätte ich gern, dass die Kinder, die heute in der Kirche sind, sich hier zu mir an den Altar gesellen. Jesus sagte auch immer: ‚Lasset die Kinder zu mir kommen.' Und ihr lieben Messdiener könnt mir bitte eine Stola aus der Sakristei holen und dort eure Gewänder ausziehen. Außerdem brauche ich noch ein paar Sitzkissen, die habe ich vorher in einem der Regale gesehen. Kommt ganz rasch wieder zurück, ja?"

Ron und Louis sehen sich an und scheinen nicht zu wissen, was sie tun sollen. „Wir sollen in unseren normalen Klamotten wiederkommen?", fragt Ron schließlich.

Der Pastor nickt. „Ja, bitte. Es ist doch viel bequemer!"

Dann wendet er sich an die Gemeinde. „Wissen alle, was die Stola ist? Dieser Schal, den wir Priester immer tragen. Und wo sind denn jetzt die Kinder? Nicht so schüchtern!"

Ein paar jüngere Kinder machen sich auf den Weg, und Annika boxt mich in die Seite. „Lass mich mal vorbei, meine Freundinnen gehen auch hoch. Kommst du mit?"

Ich schaue Mama an. „Soll ich?"

Sie beachtet mich aber nicht, sondern beugt sich zu Papa. „Macht er jetzt die Messe in seiner Jeans und dem ‚Happy Day'-Shirt?", fragt sie halblaut.

Oma schüttelt den Kopf. „Ich verstehe nicht, dass man uns als Gemeinde nicht informiert hat! Und wieso hat dieser … Priester keine vernünftige Kleidung an? Der will doch nicht nur die Stola umhaben, oder?"

„Los!", ruft der Pfarrer und klatscht in die Hände. „Der Junge dort in der zweiten Bank! Kommst du?"

Damit meint er mich. Ich sehe, dass auch Marco aus meiner Klasse zögernd auf den Altar zugeht und mich auffordert, ebenfalls mitzukommen.

Ich will nicht, dass mich alle da oben begaffen, aber andererseits scheint dieser Pastor hier Action reinzubringen, und der Gottesdienst wird vielleicht nicht ganz so öde wie sonst. Also stehe ich auf und folge meinem Schulkameraden.

Am Altar stehen nun insgesamt neun Kinder, die alle von Pfarrer Jo abgeklatscht werden. Ich fange an, ihn cool zu finden. Ron und Louis kommen aus der Sakristei zurück und bringen eine goldene Stola und die Kissen mit. Sie haben sich tatsächlich umgezogen und wissen nicht so recht, wo sie sich nun platzieren sollen.

„Nicht so schüchtern", sagt der Pastor. „Verteilt mal die Kissen um den Altar herum, und dann setzt ihr euch alle bequem hin. Ich möchte, dass ihr Kinder ganz nah am Geschehen seid." Er selbst legt sich die Stola um. „Gibt es denn nicht noch mehr jüngere Gemeindemitglieder?"

Nicht am Sonntag in der Kirche.

Jo wackelt bedächtig mit dem Kopf. „Vielleicht kommen sie am nächsten Sonntag, wenn wir uns am See treffen und dort die Heilige Messe feiern."

„Auf dem Abenteuerspielplatz?", fragt eine von Annikas Freundinnen mit großen Augen. „Am Waldsee?"

Auch ich bin mehr als erstaunt.

Der Priester neigt sich zum Mikro. „Ja", sagt er lächelnd. „Nächsten Sonntag findet der Gottesdienst nicht hier in der Kirche, sondern am Waldsee statt. Dort ist ein schöner Abenteuerspielplatz, und ich habe mir gedacht, dass es ein toller Ort für unsere Begegnung ist."

Die Leute in den Bänken fangen an zu tuscheln und sehen überhaupt nicht begeistert aus.

„Wer nicht gut zu Fuß ist, für den stellen wir Bänke auf. Und bevor gleich jemand nach dem Wetter fragt: Wenn es regnet, bringt euch Regenkleidung mit. Es findet auf jeden Fall dort statt. Und nun lasst uns mit dem Fest der Freude beginnen, denn das soll schließlich die Messe sein, eine Party für Gott."

Eine Party für Gott.

Klingt irgendwie gut.

„Herr Pfarrer, wollen Sie, dass wir noch die Kerzen holen?", fragt Ron unsicher. „Normalerweise stellen wir sie bis zum Evangelium dort hinten ab und dann halten wir sie fest."

„Ihr sollt mich nicht Herr Pfarrer nennen, bitte. Und auch nicht Pfarrer Förster oder so. Das klingt auch zu komisch, oder? Ein Förster, der eigentlich Pfarrer ist, ha, ha, ha. Ich bin der Jo, und das genügt. Für euch alle."

Ron scheint nicht zu wissen, was er darauf antworten soll. Pastor Kruse hätte uns niemals erlaubt, ihn bei seinem Vornamen anzusprechen.

„Und die Kerzen?", wiederholt Louis stattdessen.

„Nein, die Kerzen brauchen wir nicht. Hier am Altar stehen genug davon herum. Ihr alle seid viel wichtiger. Jesus schaut auf euch und nicht auf den Schmuck."

Marco setzt sich neben mich. „Wie findest du ihn?", fragt er leise. „Party für Gott. Das habe ich noch nie gehört."

„Er ist auf jeden Fall ganz anders als Pfarrer Kruse", antworte ich. „Der hätte das niemals gesagt oder eine Messe auf dem Spielplatz veranstaltet."

„Jetzt geht's los!" Jo wendet sich wieder an die Gemeinde. „Bevor wir anfangen, eine Sache vorweg: Man kann prima im Sitzen oder Stehen beten, und Gott hört uns trotzdem zu. Wichtiger ist es, nicht einfach automatisch etwas herunterzuleiern, sondern ein richtiges Zwiegespräch mit ihm zu halten. Und dazu müssen wir nicht knien."

Die Leute in den Bänken sind ziemlich unruhig. Einige tuscheln miteinander, andere

zeigen zum Altar hin und sehen richtig verärgert aus.

Meine eigenen Eltern schauen ziemlich
überrascht, und Omas Augen blitzen, was
ein sicheres Zeichen dafür ist, dass sich ein
Gewitter zusammenbraut.

Der Gottesdienst fängt an, und ich frage
mich, was Jo sonst noch so auf Lager hat.
Schon bald bekomme ich die Antworten.
Anstatt der Lesung und des Evangeliums
schnappt sich der neue Pastor das Mikrofon
und geht die Altartreppe hinunter. „Wir
sind eine große Gemeinschaft, und ich
möchte euch näher kennenlernen", sagt er
und hält meiner Oma das Mikro vor die
Nase. „Wie heißt du?"

Sie schürzt die Lippen. „Kleinschmidt."

„Ich bin der Jo. Hast du auch einen Vornamen?" Jo lässt nicht locker.

Oma sieht ihn herausfordernd an. „Schon,
aber ich möchte nicht mit dem Vornamen
angeredet werden. Ich bin Frau Kleinschmidt."

Der Pastor nickt. „Okay", sagt er. „Aber vielleicht lernen wir uns noch in der nächsten Zeit besser kennen. Ist das neben dir deine Familie?"

Ich merke, dass meine Oma überhaupt keine Lust hat zu antworten, denn sie presst die Lippen aufeinander und nickt nur ganz kurz. „Ja, aber ich mag keine privaten Fragen."

„Genau! Ich auch nicht!", sagt eine Frau mit Brille, die hinter uns sitzt, und ihre Banknachbarn nicken.

„Kein Problem." Jo lächelt Mama und Papa an und geht dann weiter. Doch wo er auch mit seinem Mikrofon hinkommt, drehen die meisten Leute sofort den Kopf weg oder winken ab. Nur ein paar wenige machen mit. Insbesondere den älteren Leuten scheint diese lockere Art nicht zu gefallen. Jo aber lässt sich davon nicht beeindrucken und stellt Fragen nach Hobbys und Familienmitgliedern.

Nach einiger Zeit kehrt er zu uns zurück, und dann werden auch wir Kinder interviewt.

„Gibt es etwas, das du nicht magst?", fragt er zum Beispiel meine Schwester, und sie antwortet prompt: „Tomaten, Spiegeleier und Weinrauch."

Ich will sie verbessern, aber Jo nickt. „Den Geruch von Weihrauch mag ich auch nicht besonders", sagt er und grinst sie an. „Weinrauch ist eine gute Bezeichnung dafür. Der

Rauch treibt einem Tränen in die Augen, nicht wahr?"

Jetzt staune ich schon wieder, denn ich hätte nie gedacht, dass ein Priester Weihrauch nicht mag. Ich bin sicher, dass Pastor Kruse das niemals zugegeben hätte. Er wäre während einer Messe aber auch nie mit Jeans und einem T-Shirt herumgelaufen.

Ich kann mich gar nicht erinnern, ob ich ihn überhaupt je in einem Shirt gesehen habe. Selbst bei den Treffen der Kommuniongruppe, bei denen wir nur gebastelt haben, hatte er immer ein Hemd mit diesem komischen, runden Priesterkragen an.

„Und was ist dein Hobby, Lukas?" Das Mikro ist auf einmal vor meiner Nase.

„Ich ... ähm ... Tennisgitarre spielen", sage ich und merke selbst, dass ich kompletten Quatsch rede. „Ich meine ... ich spiele Tennis und Gitarre. Also nicht zusammen. Musik mache ich mit der Gitarre und Sport mit Tennis. Beim Tennis! Beim Tennis natürlich!"

Die Kids um mich herum lachen, und ich laufe knallrot an. Eigentlich wollte ich noch erzählen, dass mein bester Freund Bastian und ich einmal eine Band gründen wollen – er als Schlagzeuger und ich als Gitarrist, aber ich schweige.

„Ich finde es toll, wenn jemand einen zum Lachen bringt", sagt Jo. „Lukas, du hast das sofort mit der ganzen Gemeinde geschafft. Das ist eine besondere Begabung, ich gratuliere dir und bewundere dich!"

Überrascht schaue ich hoch, ob er sich über mich lustig macht, aber der Pastor sieht ehrlich begeistert aus.

Jetzt lachen mich die anderen Kinder auch nicht mehr aus.

„Und Lukas bringt mich gerade auf eine fantastische Idee", fährt Jo fort. „Den übernächsten Gottesdienst werden wir unter das Motto ‚Hobby' stellen. Jeder von euch bringt dann das mit, was sein liebstes Hobby ist! Auch die Erwachsenen!" Er wendet sich an die Gemeinde. „Wir zeigen dem lieben Gott, aber auch uns gegenseitig, was uns Freude bereitet. Dafür sind wir ja auch dankbar, weil es unser Leben bereichert. Bitte, macht alle mit!"

„Darf ich dann mein Fußballtrikot anziehen?", ruft Marco.

„Natürlich!" Jo lächelt. „Wenn das dein Hobby ist."

„Ja! Ich bin Marco, der Balloking. Weil ich immer die Tore reinballere!"

Ich frage mich, ob meine Oma in ihrer Kochschürze kommt, denn sie sagt immer, dass Kochen und Backen ihre größten Hobbys seien. Den Koch-Club hat auch schließlich sie gegründet.

„Und jetzt lasst uns beten. Im Namen des Vaters und des Sohnes und des Heiligen Geistes. Amen."

Irgendwie vergeht die Zeit total schnell. So nah am Altar bin ich noch nie gewesen. Von hier aus sieht alles viel spannender aus: die Gabenbereitung, bei der die Messdiener Wasser und Wein in den goldenen Kelch kippen und wir direkt daneben stehen dürfen oder auch seine Vorbereitung für die Kommunionverteilung.

Jo macht alles irgendwie anders als Pastor Kruse. Er verändert die Gottesdienstreihenfolge und lässt uns mitmachen. Annika und ihre Freundinnen dürfen zum Beispiel mit den kleinen Glocken am Altar bimmeln, und den üblichen Friedensgruß, bei dem sich alle die Hand reichen sollen, lässt er einfach aus.

Als die Kommunion verteilt werden soll, muss Ron aus der Sakristei ein Körbchen mit kleinen Brotstückchen bringen und sie an die jüngeren Kinder weiterreichen, die noch nicht die Hostie empfangen dürfen.

„Wir teilen das Brot miteinander", erklärt er, und die Kleinen sehen ganz begeistert aus.

Zum Abschluss segnet uns der Pastor, und wir dürfen zu den Bänken zurückgehen.

„Ich danke euch allen, dass ihr gekommen

seid", sagt er ins Mikro. „Auf das Abschluss-
lied verzichten wir heute – geht lieber hinaus in die Sonne! Habt einen schönen
Tag." Er winkt den Messdienern und uns
allen zu – und geht in die Sakristei.

Beten um gute Noten?

Draußen vor der Kirche stehen die Gemeindemitglieder in Gruppen und diskutieren lautstark. Sie fuchteln mit den Armen herum und sehen nicht gerade freundlich aus.

„Wie fanden Sie denn das? Was ist das bloß für einer? Er tritt die Traditionen mit den Füßen! Ich wollte schon die Kirche vorzeitig verlassen!", höre ich sie aufgebracht reden.

„Ja, unmöglich! Das war untragbar!"

„Seine ganze Art passt mir gar nicht!"

„Und er will Jo genannt werden, als wenn er unser Freund wäre. So geht das nicht! Er ist doch der Pastor!"

„Ja und wie der Pfarrer überhaupt aussah! Wir sind hier in einer Kirche und nicht auf der Kirmes!"

„Ich werde mich beim Bischof beschweren! Das ist keine gute Lösung für unsere Gemeinde!"

Also ich fand ihn super und die anderen Kinder bestimmt auch, aber das interessiert die Erwachsenen offenbar gar nicht.

Auch meine Familie redet über Jo. „Dass ich so etwas erlebe, hätte ich nie gedacht!", sagt Oma und klingt empört. Sie spitzt die Lippen, und ihre Stimme ist ziemlich schrill. „Seit wann dürfen Priester solche neumodischen Dinge tun? Das war doch kein richtiger Gottesdienst!"

„Da muss ich dir recht geben! Okay, er hatte möglicherweise einige gute Ansätze", findet Mama. „Vor allem, was die Kinder anbelangt. Aber ansonsten? Das Duzen, sein

Herumlaufen in der Kirche und dann diese Klamotten! Und er hat da am Altar zu viel Klimbim gemacht. Das war schon sehr locker. Zu locker."

Ich wundere mich. „Wieso? Das war doch cool!" Doch niemand beachtet mich.

„Es war insgesamt zu viel auf einmal", meint Papa. „Ich glaube, dass es manche Leute richtig schockiert hat."

Oma nickt. „Mich zum Beispiel. Es gab kein vernünftiges Evangelium, keine richtige Predigt und auch keinen Friedensgruß!"

„Oma", mische ich mich wieder ein. „Du wolltest deiner Freundin sowieso nicht die Hand geben, also kannst du dich doch freuen."

Das scheint anzukommen. Meine Eltern schmunzeln, aber sie schüttelt den Kopf. „Na und? Neben Irene habe ich nicht gesessen! Euch hätte ich gern die Hand gegeben!"

„Das kannst du jetzt noch tun." Ich verstehe nicht, was sie für ein Problem hat.

Annika hüpft wie ein Flummi. „Ich fand Jo total nett", sagt sie. „Und er mag auch keinen Wein... Weihrauch."

Ich stimme ihr zu. „Er ist auf jeden Fall viel netter als Pastor Kruse. Und die Idee mit dem Hobby-Gottesdienst ist doch super."

„Nenn ihn nicht Jo, Annika!", sagt Oma. „Es ist immer noch der Herr Pfarrer."

Meine Schwester verdreht die Augen. „Jo will es aber nicht, hast du doch gehört! Und nächste Woche gehen wir alle auf den Abenteuerspielplatz am See!"

„Ich ganz bestimmt nicht!", antwortet Oma und klingt schon wieder entrüstet. „Das ist doch kein Gotteshaus!"

Papa deutet auf eine Gruppe Leute. „Da ist der Pfarrgemeinderat. Ich will mal hören, was die so sagen. Wartet ihr einen Moment?"

„Ich weiß noch nicht, ob ich beim Hobby-Gottesdienst meine Tennissachen anziehe oder als Musiker gehe", überlege ich laut.

Mama schnaubt. „Das klingt ja, als ob wir Karneval hätten. Du kannst den Schläger oder die Gitarre mitnehmen, das reicht ja wohl. Falls dieser Pastor dann überhaupt noch hier ist."

Annika sieht Mama fragend an. „Warum nicht? Ich wollte doch meine Ballettsachen tragen! Und welches Hobby stellst du vor, Mami? Yoga? Oder vielleicht Tauchen? Das machst du doch mit Papi immer im Urlaub!"

Unsere Mutter wechselt mit Oma einen Blick. „Warten wir mal ab. Ihr Kinder könnt das ja meinetwegen durchziehen", sagt sie. „Ich halte mich zurück. Du glaubst doch nicht, dass ich im Taucheranzug in die Kirche gehe!"

Ich verstehe nicht, warum es ein reines Kinderthema werden soll, wo Jo doch ganz klar gesagt hat, dass wir uns alle daran beteiligen sollen. „Erwachsene sind Spielverderber."

„Alles klar, wir können gehen." Papa ist zurück und sagt erst einmal nicht viel.

Erst als wir weit entfernt vom Kirchengelände sind, findet er seine Sprache wieder. „Also, der Vorsitzende meinte, dass sie nichts von dieser Vertretung gewusst haben. Die Stimmung im Gremium war durchwachsen. Die eine Hälfte fordert die sofortige Absetzung des Pfarrers und die andere Hälfte meint, man sollte ihm eine Chance geben. Schließlich habe er heute nicht unbedingt gegen Regeln verstoßen."

„Wie bitte?", ruft Oma. „Er war nicht richtig angezogen, er will, dass wir Jo zu ihm sagen, er hat den halben Gottesdienst umgeworfen, und das soll kein Verstoß sein?"

„Sie wollen mit ihm sprechen und ihm diese neumodischen Sachen wieder ausreden."

„Nein, bloß nicht!", rufe ich. „Endlich ist mehr Action in der Kirche!"

Mama schaltet sich ein. „Also Lukas, Action brauchen wir dort aber nicht. Im Haus Gottes sollte man sich besinnen und beten."

Am nächsten Tag gibt es in der Schule eine Riesenüberraschung. Ich schaue mir gerade die Fotos von Bastians Wunschschlagzeug an, für das er seit Monaten spart, als Frau Baumann, unsere Klassenlehrerin eine Ankündigung macht.

„Heute wird der Religionsunterricht von einem Gastlehrer übernommen", sagt sie. „Er vertritt derzeit den örtlichen Pfarrer in der Sankt-Anna-Gemeinde und hat die Schule darum gebeten, ein paar Unterrichtsstunden in den Klassen zu geben. Er möchte euch Kinder gern kennenlernen."

„Boh, nee!", protestiert mein Freund, der manchmal eine ganz schön große Klappe hat. „Soll das heißen, dass gleich ein Pfarrer hier vorbeikommt? So einer mit einem Pinguinkragen? Bringt er auch Weihwasser mit, um uns zu duschen?"

Alle lachen.

„Ich glaube, Bastian, dass du da etwas verwechselst", antwortet Frau Baumann und sieht verärgert aus. „Ich hoffe, dass du dich gut benimmst. Ihr alle."

„Aber wenn es doch kein richtiger Lehrer ist, darf er uns dann überhaupt unterrichten?" Bastian tut, als ob er genau über die Schulgesetze Bescheid wüsste. „Außerdem ist es hier ein ökologischer Unterricht, weil die Katholen und Evangelen zusammen sind. Ist der Pfarrer auch ökologisch?"

Einige aus der Klasse grinsen.

Frau Baumann seufzt. „Wer klärt Bastian auf, wie das alles richtig heißt?"

Ich könnte es ihm auch erklären, aber weil er mein Freund ist, verhalte ich mich ruhig.

Marie-Ann wird drangenommen. „Es heißt ökumenisch. Hier findet katholischer und evangelischer Unterricht zusammen statt", rattert sie herunter. „Der neue Pfarrer ist katholisch, aber ganz komisch. Meine Großeltern waren gestern in der Kirche und meinten, dass er eine Zumutung für alle war und der Gottesdienst einfach nur schrecklich ablief. Alle waren sauer, und niemand will den Pfarrer haben."

Meine Klassenkameraden stöhnen.

„Boh!", ruft Bastian und ist mal wieder am lautesten. „Und so einer soll unseren Unterricht machen?"

Ich sehe Marco an, der zwei Reihen hinter mir sitzt. Eigentlich müssten wir Jo verteidigen und etwas sagen, aber dann würden wir automatisch zugeben, dass wir auch in der Kirche waren. Das wiederum gilt als nicht cool.

Frau Baumann hebt die Hand. „Wartet doch erst einmal ab! Und zeigt alle mal Respekt vor dem Alter."

„Ja, Alter", murmelt Bastian leise.

Er ist manchmal wirklich ziemlich frech.

Bastian stößt mich von der Seite an. „Musstest du gestern wieder in die Kirche gehen? Ich bin so froh, dass meine Eltern mich nicht dazu zwingen! Es hat mir schon gereicht, dass wir vor unserer Erstkommunion so häufig den Laden besuchen sollten."

Ich nicke. „Ja, aber gestern war es ganz witzig. Der neue Pastor ist echt cool."

Bastian schüttelt den Kopf. „Hä? Ein Pastor kann doch nicht cool sein!"

„Du wirst schon sehen." Mehr sage ich nicht.

Nach der ersten großen Pause haben wir gerade wieder Platz genommen, als die Tür aufgeht und Jo darin steht. Heute trägt er wieder die Jeanshose und dazu ein anderes T-Shirt, auf dem diesmal Spiderman abgebildet ist.

„Kann ich Ihnen helfen?", fragt Frau Baumann, die noch nicht kapiert, wer da vor ihr steht.

„Ich bin der Jo", antwortet er und ihre Miene wird noch verwirrter.

„Jo wie Joe?", fragt sie.

„Jo, man!", ruft dagegen Bastian. „Jo baby, jo baby, jo!"

Die Klasse lacht.

„Jo wie Joachim. Joachim Förster. Ich hatte in der Schule angerufen und mein Kommen angekündigt ...", sagt der neue Pastor. „Ist das die 4a?"

Jetzt fällt bei Frau Baumann endlich der Groschen. „Ach …", stottert sie. „Sie … sind der Vertretungspfarrer?"

„Ganz genau. Und bitte, nenn mich doch Jo."

Nachdem nun klar ist, dass er mindestens dreißig Jahre jünger ist als Pfarrer Kruse, unserer Lehrerin direkt das Du anbietet und auch keinen Pinguinkragen trägt, bleibt sogar selbst Bastian für einen Moment stumm.

Frau Baumann bittet Jo herein, stammelt ein paar Begrüßungsworte und verlässt dann fast fluchtartig die Klasse. Ich wette, dass sie ins Lehrerzimmer eilt. Dort stehen immer Kekse und Schokolade herum, und ich denke, dass sich unsere Lehrerin reichlich bedienen wird, um diese Überraschung zu verdauen.

Sobald sie weg ist, stellt sich Jo mit dem Rücken zur Tafel und mustert uns erst einmal schweigend.

Sein Blick bleibt sowohl an mir als auch an Marco haften und er nickt uns zu: „Hey, zwei bekannte Gesichter."

In dem Moment findet Bastian seine Sprache offenbar wieder. „Haben Sie Weihwasser dabei?"

„Nein", antwortet Jo und will etwas hinzufügen, aber er fällt ihm ins Wort.

„Sind Sie ein echter Priester oder nur eine Zweitbesetzung wie beim Theater?"

Eine Zweitbesetzung?!

Jetzt spinnt er aber.

Aber der Pastor bleibt gelassen. „Ich bin ein echter Priester, das kannst du mir glauben."

Bastian sieht ihn herausfordernd an. „Und wo ist dann Ihre Ausstattung?"

Jo lacht. „Meine Ausstattung? Was meinst du damit?"

„Ja … Weihwassereimer, Taufschüssel oder das Ding, wo man beichten kann. Haben wir bei den Kommunionstunden gesehen und sogar dringesessen."

„Du meinst das Taufbecken und den Beichtstuhl", verbessert Jo. „Das gibt es für uns Priester noch nicht als To-go-Ausstattung zum Mitnehmen."

Die Klasse lacht, und Bastian grinst schief. „Sie sind witzig. Und gar nicht alt."

„Vielen Dank." Jo hockt sich auf das Lehrerpult und kratzt sich am Kopf. „Erst einmal: Nennt mich bitte Jo. Das Siezen könnt ihr euch sparen. Wenn wir den lieben Gott ansprechen, dann sagen wir auch Du zu ihm. Warum sollte das mit uns Priestern anders sein? Wir sind schließlich Gottes Helfer auf Erden, oder?"

„Herr Gott, können Sie bitte machen, dass ich eine Eins in der Mathe-Arbeit schreibe", ruft Tim Meisner aus der letzten Reihe. „Das klingt wirklich komisch."

Marie-Ann hebt die Hand. „Meine Mama sagt, dass man um Noten nicht beten soll."

Jo hebt die Schultern. „Okay, wenn wir schon das Thema haben, lasst uns direkt übers Beten reden. Tut ihr es? Und wenn ja: Wie betet ihr?"

Jetzt melden sich mehrere Klassenkameraden.

„Ich bete nicht."

„Wir beten abends mit der ganzen Familie!"

„Wir nicht!"

„Ich bete nur manchmal. Meistens vergesse ich es."

„Bei uns wird vor jeder Mahlzeit gebetet."

„Ich bete mit meiner Mama um Gesundheit für die Familie."

„Ich bete gar nicht."

„Wir beten zu Gott, Maria und den Schutzengeln."

„Ich habe vergessen, wie das ‚Vaterunser' geht."

„Ich kenne ein Gebet, das sich reimt. Das kann man sich gut merken."

Nachdem sich fast alle geäußert haben, nickt Jo und schaut aufmerksam in unsere Gesichter. „Wisst ihr, es ist nicht vorgeschrieben, wann, wo und wie man betet", sagt er. „Das Gebet soll ein Gespräch mit Gott sein. Wie man mit einem Freund spricht, den man gern hat. Aber es ist wichtig, mit ihm zu reden, denn Freundschaften muss man pflegen. Und er freut sich darüber."

„So wie wir", murmelt Bastian.

Lilly meldet sich. „Ich hatte im ersten Schuljahr eine beste Freundin, aber sie ist weggezogen. Zuerst wollten wir uns noch besuchen und telefonieren, aber das haben wir nie gemacht. Bestimmt denkt sie gar nicht mehr an mich. Meinst du das so ähnlich?"

Jo nickt. „Ja, nur dass Gott immer an uns denkt, auch wenn wir vielleicht den Kontakt abbrechen. Und er freut sich, wenn wir ihn wieder aufnehmen. Wir können ihm auch immer alles sagen, und er hört uns zu."

Marco hebt die Hand. „Aber wie ist das nun mit den Noten?", fragt er. „Kann man darum bitten?"

Der Pastor lächelt. „Du kannst um alles bitten. Nur ist es vielleicht besser, das mit den Noten anders auszudrücken. Anstelle um die Eins in der Mathe-Arbeit zu bitten, sollten wir … wer hat denn eine Idee?"

„Ich!", ruft Tim Meisner. „Lieber Gott, ich bitte dich um lauter Einsen bis zum Ende der Schule!"

Die Klasse lacht, und Jo schmunzelt. „Ich bin sicher, dass auch du ganz genau weißt, dass es ohne Lernen nicht funktionieren wird. Trotz aller Gebete."

„Manno!" Tim schmollt. „Aber wenn Gott doch mein Freund ist …"

„Freunde sind nicht dazu da, um dir die Arbeit abzunehmen", sagt der neue Pfarrer, und ich denke über seine Worte nach. So habe ich das bisher auch noch nie gesehen.

Katharina meldet sich. „Meine Mama sagt, ich kann darum bitten, dass ich das im Kopf behalte, was ich lerne."

„Ganz genau. Gott wird dir helfen, wenn du dir Mühe gibst. Und wenn du mit ihm sprichst. Das macht ein Gebet aus."

Ich denke darüber nach, wie wir zu Hause vor dem Schlafengehen immer alle zusammen beten. Meistens sprechen wir das

„Vaterunser", und ich bin ziemlich oft mit den Gedanken woanders.

Vielleicht sollte ich danach noch ganz allein kurz mit Gott sprechen?

Abend-Kino im Pfarrheim?

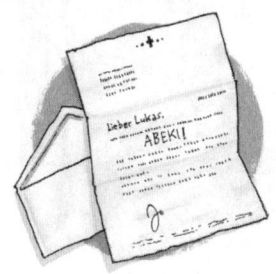

Zwei Tage später bekomme ich Post von der Sankt-Anna-Gemeinde.

Lieber Lukas,
am Freitag findet um 17 Uhr
ein „ABEKI" für die dritten und vierten Schuljahre
im Pfarrheim statt.
Ich würde mich freuen, wenn du daran teilnehmen würdest.
Zwei Dinge solltest du bitte mitbringen:

1. Spaß
2. Eine gute Idee
Viele Grüße
Pastor Jo

Meine Schwester hat ebenfalls eine Einladung bekommen, und wir überlegen, was wohl „ABEKI" bedeuten soll.

„Vielleicht ‚Aber Kinder'?", meint Annika. Ich zweifle daran. „Und wie ist das dann gemeint? Als Ermahnung oder so?"

„Keine Ahnung. Ich frage mich auch, wo-
für die gute Idee sein soll. Warum hat er nicht
noch mehr dazugeschrieben? Jetzt weiß ich
nicht, ob ich hingehen soll oder nicht."

Das weiß ich auch nicht. Eigentlich bin ich
da mit Bastian verabredet und habe keine
Lust, ins Pfarrheim zu gehen.

„Das musst du selbst entscheiden", sagt
Mama, als wir darüber beim Mittagessen reden. „Und dich mit Bastian absprechen. Ich
denke, dass er auch eine Einladung bekommen hat."

Es stellt sich heraus, dass er zwar eingeladen
ist, aber auf keinen Fall hingehen will. „Ich
hab keinen Bock, irgendwas mit dem Pastor
zu machen!"

Ich nicke. „Ich bin mir auch noch nicht
sicher, aber du hast Jo in der Schule er-
lebt. Er ist irgendwie anders. Vielleicht ist
dieses ABEKI etwas Cooles und wir ver-
passen es?"

„Was glaubst du, was es bedeuten soll? Ist
das vielleicht ein Code? Für ‚Außergewöhn-

lich Begabte Einmalige Kinder Instituti-
on?'"

Ich runzele die Stirn. „Und was soll das
heißen?"

„Keine Ahnung." Er zuckt mit den Schultern.

Mir kommt eine Idee. „Oder vielleicht heißt
es auch ‚Abend-Kino' und soll eine Überraschung für alle Kinder sein?"

In unserem Dorf gibt es nämlich kein Kino,
und wenn wir einen Film sehen wollen,
dann müssen wir mit dem Bus oder Auto in
die Nachbarstadt fahren.

Bastian grinst. „Das wäre natürlich super!
Ein Kino! Cool! Du, ich habe eine Idee: Wir
treffen uns wie verabredet und gehen dann
um fünf Uhr im Pfarrheim gucken, was so
abgeht. Aber wenn es kein Kino ist, dann
hauen wir wieder ab, okay?"

Ich bin einverstanden. „Und welche gute
Idee bringen wir mit? Für Filme, die wir
noch sehen möchten, oder was?"

Mein Freund zeigt auf seinen Kopf. „Logisch. Da wird uns vor Ort schon einiges einfallen."

Am Freitagnachmittag spielen Bastian und ich Fußball vor dem Haus und vergessen fast, dass wir um 17 Uhr zum Pfarrheim gehen wollten. Erst als Annika mit einer Freundin an uns vorbeiläuft, fällt es mir wieder ein.

„Hey, das Abend-Kino!", rufe ich.

Wir schnappen uns die Roller und fahren in Richtung Kirchengelände.

Pastor Jo steht in der Tür und winkt uns zu.

„Gut, dass ihr gekommen seid, Jungs! Geht in den großen Raum hinein, ich bin gleich bei euch!", ruft er.

„Willst du uns mit einem Kino überraschen?", frage ich, aber Jo ist schon weg.

Bastian und ich gehen hinein und entdecken etwa zwanzig Kinder, die genauso ratlos wie wir aussehen und auf dem Boden des großen Raums hocken. Marco und noch vier andere unserer Klassenkameraden sind ebenfalls dabei.

Eine Leinwand ist nirgendwo zu sehen.

„Boh, kein Kino!", ruft mein bester Freund. „Sollen wir wieder gehen?"

„Aber was machen die hier?" Neugierig bin ich schon.

Meine Schwester winkt uns zu sich. „Hannah sagt, dass Jo am Sonntag nach dem Gottesdienst ein kleines Begrüßungsfest mit uns feiern will. Bestimmt hat das ‚Abeki' etwas damit zu tun."

„Ach nee, wie langweilig!", winkt Bastian ab. „Und wir dachten, er würde ein Kino für uns aufbauen! Komm Lukas, gehen wir wieder Fußball spielen! Meine Familie geht ja eh nicht in die Kirche! Außerdem will ich am Sonntag ausschlafen!"

In diesem Moment kommt Jo zurück.

„Schön, dass ihr so zahlreich erschienen seid", sagt er. „Vielleicht habt ihr es schon erraten: ABEKI heißt ‚Abenteuer Kirche', und ich will euch heute für die Vorbereitungen der Messe am Sonntag einbinden. Wie ihr wisst, sind wir auf dem Abenteuerspielplatz am See."

„Oh, nö", meint Bastian leise. „Auf dem Spielplatz? Wie alt sind wir denn? Meint er, dass wir noch rutschen, oder was? Hauen wir doch einfach ab!"

Ich bin ebenfalls enttäuscht, aber Jo steht an der Tür, und es wäre sehr auffällig, wenn wir jetzt gehen würden. „Sobald sich gleich die Gelegenheit bietet, verdrücken wir uns", stimme ich zu.

Auch die anderen Kids sehen nicht besonders begeistert aus. Abenteuer und Kirche passen wohl irgendwie nicht zusammen, und nicht nur wir haben anscheinend etwas anderes unter „ABEKI" erwartet.

„Jetzt möchte ich eure Ideen sammeln", sagt Jo, der sich nicht anmerken lässt, wie er die verhaltene Reaktion der Versammelten findet. „Was könnte gut zu der Messe und einem kleinen Fest am See passen?"

Einige schlagen Segel, Rettungsringe und Fähnchen als Dekoration vor, andere wollen, dass es nicht langweilig, sondern abenteuerlich wird.

„Mein kleiner Bruder will dort bestimmt schaukeln und klettern", sagt ein Junge. „Er bleibt bestimmt nicht lange ruhig sitzen."

„Das muss er auch nicht", meint der Pastor. „Deshalb treffen wir uns jetzt mal auf einem Spielplatz. Damit auch die jüngeren Kinder dabei sein können und Freude an unserer Gemeinschaft haben."

„Also wird es nicht immer eine Messe draußen geben?", fragt ein Mädchen aus meiner Parallelklasse.

„Nein, aber ich möchte versuchen, alles etwas … anders zu gestalten. Dabei sollen nach und nach alle Gemeindemitglieder ihren Beitrag leisten und eingebunden werden."

Ich frage mich, ob er jemals meine Eltern, oder noch besser, meine Oma und ihre

Freundinnen dazu bringen wird, auch einen Beitrag zu leisten.

„Kommt, nicht so schüchtern!", ruft Jo. „Die Deko ist also klar. Passend zum See. Wir brauchen auch Musik, aber etwas Modernes! Die Lieder, die der Organist letzten Sonntag ausgesucht hatte, waren ja zum Einschlafen!"

Ich kichere. „Das sind sie meistens", sage ich halblaut.

Jo klatscht in die Hände. „Wie wäre es mit einer Band? Hat jemand Lust, ein cooles Instrument zu spielen?"

Die meisten Kids sehen nicht begeistert aus, aber Bastian und ich sehen uns an. Eine Band? Jetzt wird die Sache vielleicht doch interessanter.

„Lukas?" Jo spricht mich direkt an. „Du spielst doch Gitarre."

Er hat es also nicht vergessen. Ich nicke langsam. „Aber ich spiele auf keinen Fall allein! Mein Freund Bastian lernt Schlagzeug."

Dieser protestiert zaghaft. „Noch nicht so lange! Ich hab noch kein eigenes, sondern übe nur bei meinem Lehrer, also fällt das wohl aus."

„Quatsch!" Jo klatscht in die Hände. „Ich habe ein Cajon. Das klingt wie ein ganzes Schlagzeug. Wartet, ich hole es!" Er verschwindet.

„Jetzt können wir nicht mehr abhauen", sage ich zu Bastian. „Das wäre unhöflich."

Er nickt und verzieht das Gesicht. „Aber wir haben noch nicht zugestimmt. Ich muss erst sehen, wie das mit dem Cajon ist. So ein Ding wollte ich immer schon ausprobieren!"

Nach einigen Minuten kehrt Pastor Jo zurück. In den Händen trägt er ein Cajon und auf dem Rücken hat er einen riesigen Rucksack, aus dem irgendwelche bunten Stäbe herausschauen.

Bastian bekommt das Cajon. Es ist so eine Art Holzhocker, auf den er sich setzen muss, um dann mit den Händen darauf zu

klopfen. Es kommen wirklich fast echte Schlagzeuggeräusche da raus!

Ich bin erstaunt. „Wenn ich die Augen schließe, dann denk ich, dass du Schlagzeug spielst!", rufe ich erstaunt.

Mein bester Freund fängt erst zaghaft an, aber dann wird er mutiger und haut richtig drauf. Es hört sich super an!

„Alle, die Musik machen wollen, heben die Hand hoch!", ruft unterdessen Jo. „Ihr bekommt die Boomwhackers!"

„Die Bumm… was?", fragt ein Junge.

Jo holt die farbigen Kunststoffröhren aus seinem Rucksack und hält sie hoch. „Hier, seht mal! Sie heißen Boomwhackers!", erklärt er. „Das sind richtige Musikwunder! Wenn ihr die Dinger auf etwas schlagt, dann ergeben sich unterschiedlich klingende Töne. Probiert's mal aus!"

Während nun fast alle Geräusche erzeugen, winkt Jo mir zu: „Lukas? Willst du vielleicht deine Gitarre holen? Ich brauche dich dringend in der Kirchenband."

„Basti?" Ich sehe meinen Freund fragend an. „Bist du am Sonntag dabei? Ich spiele nur, wenn auch du mitmachst."

Bastian, der scheinbar von dem Cajon nicht genug bekommen kann, zuckt mit den Schultern. „Also wenn die gute Songs aussuchen, dann komme ich auch. Aber nur zum Musikmachen!"

Das lasse ich mir nicht zweimal sagen. „Bin gleich wieder da!", rufe ich und mache mich mit dem Roller auf den Weg nach Hause.

„Wo kommst du denn jetzt her?", will Mama wissen, als ich abgehetzt durch die Haustür stürme.

„Ich … wir sind noch im Pfarrheim! Ich hole nur die Gitarre! Jo macht aus uns eine Band für Sonntag."

Mamas Antwort warte ich nicht ab, sondern fahre genauso schnell wieder zurück.

Im Pfarrheim ist unterdessen die Hölle los. Alle haben die Boomwhackers in der rechten Hand und schlagen damit auf ihre linke.

Sie sind ziemlich laut, und es klingt wirklich nach Musik!

Jo hat sie scheinbar nach Farben geordnet und dirigiert gerade etwas.

„Blau! Gelb! Rot! Blau! Grün!", ruft er die Töne nacheinander auf.

Ich staune: Es hört sich wie eine echte Melodie an!

„Das klingt ja wie ‚We will rock you'", sage ich zu Bastian, der noch immer auf dem Cajon sitzt und aufmerksam zuhört.

„Pst!", ruft er. „Das ist es doch auch! Ich warte auf meinen Einsatz!"

„Lukas, könntest du die Akkorde davon spielen?", fragt der Pastor, der mich offensichtlich gerade gesehen hat. „Ich habe dir die Noten bereitgelegt. Mit dem Song beginnen wir den Gottesdienst! Wir wollen die Leute zum Rocken und zum Beten bringen!"

Ich frage mich, wie meine Oma es finden wird, dass wir anstelle eines Kirchenliedes „We will rock you" spielen, und nehme mir vor, es nicht vorab zu verraten.

Aber Pfarrer Jo hat noch mehr auf Lager. Nachdem das erste Lied ziemlich gut klappt, üben wir noch „Ein Stern, der deinen Namen trägt" und „Nur noch kurz die Welt retten", wobei diese beiden Stücke sogar leise von den meisten mitgesungen werden. Na, der traut sich ja was!

„Singen wir denn gar nichts Kirchliches?", fragt eine von Annikas Freundinnen.

„Doch", sagt Jo. „Aber dabei begleitet euch nur die Band, und ihr seid dann ein reiner Chor."

Bastian und ich sind ziemlich stolz, dass wir mit der „Band" gemeint sind. Es stellt sich heraus, dass es um „Laudato Si" und „Danke für diesen guten Morgen" geht, und der „Chor" ist gar nicht mal so schlecht, auch wenn er während des Gesangs immer schneller wird und wir Mühe haben, das Tempo zu halten.

Als die Probe beendet ist, klatscht Jo in die Hände. „Also ich fand das erste ‚ABEKI' richtig toll", sagt er. „Zur Belohnung gibt es am Sonntag Grillwürstchen und eine Bootsfahrt!"

„Hä? Was für eine Bootsfahrt denn?", fragt Bastian.

„Darauf freue ich mich schon", lacht Jo. „Ich habe ein kleines Boot und will es unbedingt auf dem Waldsee ausprobieren. Da können bis zu sechs Personen mitpaddeln. Wer also mag, ist herzlich eingeladen."

„Während der Messe?", frage ich.

Dieser Pastor ist eindeutig ein wenig ausgeflippt!

„Das nicht, aber direkt danach", antwortet er. „Also trainiert schon einmal eure Armmuskeln, Jungs und Mädchen!"

Beten und abrocken?

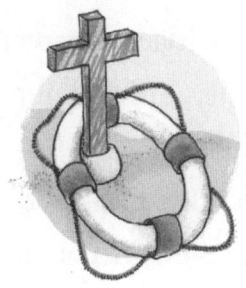

Annika und ich sind beide der Meinung, dass wir nicht viel von den Vorbereitungen zum Gottesdienst am See verraten sollten, denn wir haben Angst, dass unsere Eltern oder Oma sich im Vorfeld schon aufregen oder es gar verhindern werden.

„Ich habe gehört, wie Oma zur Mama gesagt hatte, dass die Leute Jos Absetzung fordern werden, wenn das mit den komischen Methoden so weitergeht", erzählt mir meine Schwester. Sie will aber genauso wie ich sowohl bei der Band mitmachen als auch mit dem Boot fahren.

Am Sonntagmorgen warte ich daher gar nicht, bis Mama oder Papa mich wecken, sondern springe beim ersten Klingeln schnell aus dem Bett. Auch Annika ist schon wach, und wir grinsen uns verschwörerisch an, als Mama uns Spiegeleier mit Schinken und Toast vorsetzt.

„Was heckt ihr denn da gerade aus?", will Papa wissen. Er sieht uns beide prüfend an. „Es ist sehr ungewöhnlich, dass ihr am Sonntag von alleine aufsteht. Hängt das mit dem geheimnisvollen Gottesdienst im Freien zusammen?"

Natürlich haben es unsere Eltern mitbekommen, dass wir am Freitag bei den Vorbereitungen mitgeholfen haben, aber wir haben unseren Bericht sehr kurz gehalten.

„Ja, es wird cool werden, Paps", sagt Annika. „Können wir jetzt los? Wir sollen etwas früher kommen, weil wir noch die Deko aufhängen müssen."

Mama und Papa wechseln einen Blick. „Ich freue mich ganz besonders, dass ihr dort auch Musik machen werdet", sagt unsere Mutter. „Aber das hätte man auch in der Kirche durchführen können. Warum wir jetzt alle zum Spielplatz kommen sollen, verstehe ich nicht. Viele Sitzplätze wird es wohl nicht geben, dort stehen nur ein paar Holzbänke." Trotzdem fährt sie uns nach dem Frühstück zum See und setzt uns dort ab. „Ich hole gleich Oma und Papa ab, und dann kommen wir nach", erklärt sie. „Oh, jemand hat Bierzeltgarnituren im Sand aufgestellt. Na, wenigstens kann man auf den Bänken sitzen, aber da muss ich mir wohl andere Schuhe anziehen."

Fast alle Kinder vom „ABEKI" sind gekommen, nur Bastian ist nirgendwo zu sehen. Ich hoffe, dass er Wort hält und tatsächlich erscheint. Gestern Nachmittag noch hatte er mir versprochen, pünktlich zu sein. Ich bin ein wenig nervös, weil wir vor einem Publikum spielen sollen.

„Ahoi!", ruft Jo uns zu. Er trägt ein T-Shirt mit der Aufschrift „I Am Sailing" und seine übliche Jeans. „Könnt ihr den anderen helfen, die Luftschlangen aufzuhängen?"

Wir machen uns an die Arbeit und dekorieren fast den ganzen Spielplatz. Jetzt wehen überall kleine Fahnen aus aller Welt, und es gibt Luftballons, kleine Segel und Girlanden. Ein großer Rettungsring und ein Steuerrad aus Holz lehnen an einem Tisch, der zwischen zwei Wippen aufgestellt wurde. Das soll wohl so eine Art Altar sein.

Die ersten Gottesdienstbesucher erscheinen. Es sind wieder vor allem

einige ältere Leute und

sie schauen sich missmutig um.

„Oh, du heiliger Bimbam! Ich werde Sand in meine Schuhe bekommen!", klagt unsere Nachbarin von gegenüber. „Außerdem möchte ich mich anlehnen, und das geht hier nicht!"

Jo entschuldigt sich geduldig, dass die Bänke keine Lehnen haben, und erklärt, dass der Gottesdienst nicht allzu lange dauern wird.

„Warum denn nicht? Wollen Sie wieder alles verkürzen?" Das ist meine Oma, und sie sieht ziemlich angriffslustig aus.

Zwei andere Frauen, die neben ihr stehen, nicken beifällig. „Das werden Sie heute schön sein lassen, Herr Pfarrer! Wir wollen eine richtige Sonntagsmesse haben!"

„Und ein paar anständige Fürbitten! Und eine Lesung!", sagt ein Mann, den ich auch aus der Kirche kenne.

Jo lächelt. „Demnächst könnt ihr mit mir zusammen eine Messe vorbereiten. Heute waren die Dritt- und Viertklässler dran, und wir sollten ihnen den Vortritt lassen." Auf die Vorwürfe geht er gar nicht ein.

Oma ist aber noch nicht fertig. „Werden Sie heute den Friedensgruß machen?"

Der Pfarrer schüttelt den Kopf. „Ich denke, dass das kein Zwang sein sollte, einander die Hand zu reichen. Wenn du jemanden magst, dann umarmst du ihn auch so sehr gern. Warum sollte ich das allen Menschen vorschreiben?"

„Weil das so üblich ist?"

„Umarmst du deine Freunde also nur, weil es so üblich ist?", will Jo wissen.

„Ich ... ähm ... um mich geht es doch gar nicht!" Oma sieht nicht so aus, als ob ihr diese Frage gefallen würde, und ich bin versucht, sie daran zu erinnern, dass sie sich noch immer nicht mit Irene versöhnt hat. Mama meinte gestern, dass sie beide ziemlich dickköpfig seien, weil niemand den ersten Schritt machen möchte.

Warum besteht sie dann auf diesen Friedensgruß?

„Es geht um uns alle", sagt Jo mit einem kleinen Lächeln, und Oma geht kopfschüttelnd weiter.

Ich sehe mich nervös um, aber von Bastian ist noch immer nichts zu sehen. Meine Gitarre steht neben dem Cajon, das jemand vor der Röhrenrutsche aufgestellt hat. Die anderen Kids bringen ihre Boomwhacker in Position.

So langsam werde ich sauer.

Hat mein Freund jetzt doch noch sein Versprechen gebrochen und lässt mich im Stich?

„Wer dient denn heute?", fragt die Küsterin. „Ich habe ihnen die üblichen Gewänder mitgebracht. Und Ihnen … ähm … dir natürlich auch."

„Danke, aber die Stola genügt", antwortet Jo und legt sich den cremeweißen Schal um die Schulter. „Heute muss übrigens niemand dienen. Stell doch bitte den Wein und das Wasser sowie die Hostien auf den Tisch, ja? Vielen Dank."

Die Küsterin zieht die Augenbrauen hoch, fügt sich aber achselzuckend. „Wie der Herr Pastor meint", höre ich sie murmeln.

Aus den Augenwinkeln sehe ich, dass mittlerweile alle Bierzeltgarnituren besetzt sind und andere Leute auf den Spielplatzbänken Platz genommen haben. Es sind nicht nur die üblichen älteren Kirchenbesucher, sondern auch viele Jüngere. Meine Eltern stehen zusammen mit ein paar anderen Bekannten weiter hinten und beobachten argwöhnisch das Geschehen. Begeistert sehen auch sie nicht aus.

Trotzdem scheint es, als ob mehr Leute gekommen wären als letzten Sonntag! Ich wette, dass die meisten einfach nur neugierig sind, weil sich die Nachricht über

die „Methoden" des jungen Pfarrers herum-
gesprochen haben.

Wo bleibt Basti?!

Jo lächelt den Chor an und klatscht uns
Kinder der Reihe nach ab. Als ich dran bin,
seufzt er. „Ich hoffe, dass du nicht allein die
Band machen musst, Lukas. Aber du schaffst
das schon!"

Zwei Minuten nach halb zehn ist Bastian
immer noch nicht da, und ich bin jetzt total nervös. Der Pfarrer gibt das Zeichen, dass
er etwas sagen möchte.

„Liebe Mädchen und Jungen, liebe Erwachsene", beginnt er, und es wird augenblicklich
ruhig auf dem Abenteuerspielplatz. „Nicht
jeder Gottesdienst kann in einer besonderen
Umgebung stattfinden, und nächsten Sonntag sind wir wieder in der Kirche. Aber heute
möchte ich euch alle dazu einladen, ein tol-
les Fest mit Jesus zusammen zu feiern! Mit
Musik, Freude und Spaß. Lasst die jüngeren
Kinder ruhig hier auf dem Spielplatz herum-
toben! Gott schaut allen zu und erfreut sich

an uns. Im Namen des Vaters, des Sohnes und des Heiligen Geistes. Amen."

Er gibt uns ein Zeichen, dass wir uns aufstellen sollen. „Die Kinder der dritten und vierten Klassen, die diesen Gottesdienst mit mir zusammen vorbereitet haben, hoffen, dass ihr euch von unserer Stimmung anstecken lasst. Also singt, betet und feiert mit uns!"

In diesem Moment taucht ein atemloser Bastian auf. „Ich bin da! Ich bin da! Tatütata!", ruft er und merkt nicht, dass der Gottesdienst schon angefangen hat und alle Augen nun auf ihn gerichtet sind.

Die meisten fangen an zu lachen, und zwei kleinere Jungs ahmen ihn sofort nach. „Tatütata! Tatütata!", rufen sie und sorgen für noch mehr Erheiterung. „Die Feuerwehr ist da! Und die Polizei! Eins, zwei, drei!"

Bastian streicht sich verlegen die Haare glatt. „Oh Mist, ihr seid schon dran? Ihr habt doch wohl noch nicht abgerockt, oder?", fragt er mich leise. „Wir haben verschlafen!"

„Nein, denn wie du siehst, sind alle Gemeindemitglieder noch anwesend. Glaub mir, wenn es gleich mit ‚We will rock you' losgeht, sieht die Sache ganz anders aus", flüstere ich zurück. Eigentlich wollte ich ihn anmeckern, bin jetzt aber froh, dass er da ist und ich nicht allein die „Band" bin.

Ich sehe meine Oma in der ersten Bank sitzen und neben ihr zwei ihrer Bekannten aus dem Koch-Club. Ihre beste Freundin Irene sitzt genau eine Reihe dahinter, aber sie beachten sich weiterhin nicht.

Jo stellt sich vor uns Musiker und hebt die Hände wie ein Dirigent, während ich mir die Gitarre schnappe und Basti sich auf das Cajon setzt. Die Kids mit den Boomwhackers stehen ebenfalls bereit.

Und dann geht es los!

Sobald wir die ersten Töne spielen, hören die kleineren Kinder mit dem Herumlaufen auf und starren uns an. Auch die übrigen Gemeindemitglieder rühren sich kaum. Ich merke, dass sie nach und nach den Rhythmus und die Melodie erkennen, obwohl wir sie nur spielen.

Oma sieht aus, als ob sie gleich in Ohnmacht fallen würde. Auch ein paar andere Gesichter wirken überhaupt nicht begeistert. Und dann setzt das Getuschel wieder ein. Genauso wie schon letzten Sonntag.

Jo, der mit dem Rücken zu den Leuten steht, kann es nicht sehen, aber die meisten Gottesdienstbesucher starren uns mit offenem Mund an oder schürzen so komisch die Lippen. Mama und Papa schütteln leicht den Kopf, und nur ein älterer Herr, der auf einer Holzbank sitzt, bewegt die Füße zum Takt und wackelt fröhlich mit.

Sobald wir fertig sind und Jo sich wieder umdreht, herrscht Totenstille.

„Mehr! Mehr! Musik machen! Tanzen!", ruft plötzlich ein kleines Mädchen und klatscht in die Hände.

Jo lächelt. „Gleich, kleine Maus! Wir haben mit ‚We will rock you' begonnen, denn wir wollen euch alle heute für das Wort Gottes begeistern", sagt er und schaut in die Menge. „Ihr seid alle eine wunderbare, große Familie und Teil eines Ganzen. Wir wollen abrocken und beten. Ich wünsche mir, dass ihr diesen Gottesdienst unter freiem Himmel auf euch wirken lasst. Nehmt ihn als ein Geschenk an und freut euch über die Verbindung zwischen allen Generationen."

Die Gesichter entspannen sich ein wenig. Offenbar hat der Pfarrer die richtigen Worte gefunden.

Diesmal gibt es eine Lesung, die sich mit Liebe beschäftigt. Und dann das Evangelium, das ich schon so oft gehört hatte: Über Jesus, wie er am See Genezareth fünf Brote und zwei Fische mit einer ganzen Gruppe von Leuten geteilt hat.

„Diese Geschichte schien mir heute passend zu sein", sagt Jo. „Wir teilen unsere positiven Gefühle miteinander. Und wollen ein Fest zusammen feiern."

Wir sind wieder dran und spielen jetzt „Ein

Stern, der deinen Namen trägt" und „Nur noch kurz die Welt retten".

Oma und einige andere Gemeindemitglieder sehen uns mit offenen Mündern an. Aber niemand steht auf und geht, und das ist irgendwie ein gutes Gefühl!

Natürlich verkürzt Jo trotzdem den üblichen Ablauf, und nach der Kommunion und dem Segen ist dann der große Chorauftritt dran. Bastian haut auf das Cajon und ich in die Gitarrensaiten, und die Kinder schmettern die beiden eingeübten Lieder und haben sichtlich viel Spaß.

Da es rein kirchliche Songs sind, sieht jetzt niemand verärgert oder entsetzt aus, und ich werte das als ein gutes Zeichen. Während wir die letzten Töne spielen, fällt mir auf, dass sich der Spielplatz noch mehr gefüllt hat. Offenbar sind viele Leute von der Musik angelockt worden. Einige von ihnen wippen zum Takt und ein paar klatschen sogar.

„Wir sollten vielleicht öfter als Band auftreten. So voll ist es in der Kirche sonst nie", sage ich leise zu Bastian, sobald wir die letzten Töne gespielt haben.

„Dann hoffe ich, dass die Würstchen ausreichen! Ich hab nämlich richtig Hunger! Und mein Vater will bestimmt mindestens zwei Stück essen!", antwortet er. „Sie sind heute auch gekommen, weil sie mich spielen sehen wollten."

Ich folge seinem Blick und entdecke seine Eltern, die an die Holzschaukel gelehnt stehen und mächtig stolz aussehen.

„Vielleicht können wir Jo überreden, dass wir auch nächsten Sonntag in der Kirche spielen", schlage ich vor.

Mein bester Freund schüttelt den Kopf. „Nee, lass mal! Halb zehn ist mir einfach zu früh. Ich will ausschlafen, und außerdem ist es in der Kirche immer langweilig! Heute ist es etwas anderes. Außerdem fahren wir noch mit dem Boot."

Als der Gottesdienst zu Ende geht, lädt Jo alle Anwesenden zum Grillfest ein. „Ich freue mich auf die Gespräche mit euch allen", sagt er. „Außerdem will ich mit den Band- und den Chorkindern kleine Paddeltouren auf dem See unternehmen, weil sie so toll gespielt und gesungen haben. Viel Spaß allen zusammen!"

Sobald der offizielle Teil vorbei ist, winken meine Eltern Annika und mich zu sich. „Ihr fahrt da nicht mit", sagt Mama. „Das Wasser ist kalt, und außerdem weiß ich nicht, ob dieser Pfarrer sich der Verantwortung bewusst ist, Kinder auf ein Boot mitzunehmen. Seine Methoden sind sehr gewöhnungsbedürftig."

„Was? Warum?", brause ich auf.

„Aber Mama", protestiert auch Annika. „Wir haben uns beim Spielen solche Mühe gegeben, und das ist die Belohnung dafür!"

„Die Liedauswahl war nicht unbedingt die beste", meint unsere Mutter. „Das spricht nicht gerade für den Pastor."

„Also ich fand es nicht sooo schlecht", erklärt Papa verhalten. „Es hat zumindest Stimmung gebracht!"

Mama wirft Papa einen schiefen Blick zu. „Stimmung muss es beim Gottesdienst doch wohl nicht geben! Das kann man sich für eine Party aufheben!"

„Aber der Gottesdienst ist doch die Party für Gott", wiederholt meine Schwester Jos Worte. „Ich fand es cool. Auch, weil man alle Geschichten gut verstehen konnte, die er vorgelesen hat. Und weil wir mitgemacht haben. Hast du gesehen, wie ich dieses Boom...dingsda geschlagen habe?"

„Und ich habe Gitarre gespielt!" Ich bin enttäuscht, dass sie das gar nicht erwähnt.

„Ihr wart beide super", sagt Papa schnell. „Das haben wir die ganze Zeit gesagt."

Mama nickt. „Das stimmt, ihr habt wirklich ganz toll gespielt! Für die Musikauswahl könnt ihr natürlich nichts. Ich fand zum Beispiel das Lied mit dem Stern unmöglich und unpassend! Das letzte Mal habe ich es an Karneval gehört. So etwas gehört nicht hierher!"

„Aber der Text verletzt oder beleidigt nie-

manden", sagt eine ruhige Stimme hinter uns. Es ist Pfarrer Jo, der wohl Mamas Worte mitbekommen hat. „Er macht uns fröhlich, und genau das sollte heute hier passieren.

Und eure Kinder haben mit der Musik dazu beigetragen."

Papa nickt eifrig, und Mama scheint es ein wenig peinlich zu sein. „Ja, schon ...", sagt sie. „Aber es ist ungewöhnlich, weil wir doch in der Messe nur religiöse Lieder singen sollten."

„Findest du?" Jo sieht sie prüfend an. „Geht es nicht eher darum, eine gute Gemeinschaft zu sein, die Gott gefällt? Ich hatte letzten Sonntag das Gefühl, dass in dieser Gemeinde noch mehr Leute angesprochen werden könnten. Die Kirche war schon ziemlich leer ..."

Mama sieht nachdenklich aus. „Das stimmt irgendwie. Es ist nicht leicht, vor allem die Jüngeren zu motivieren, in die Kirche zu gehen."

Jo lächelt. „Wir müssen es gemeinsam versuchen. Ich würde mich zum Beispiel freuen, wenn die Kids bereit wären, öfter Musik zu machen – auch in der Kirche."

„Und die Orgel?", fragt Mama. „Sie ... du ...

kannst unseren Organisten nicht arbeitslos machen!"

„Natürlich nicht! Der soll auf jeden Fall mitspielen. Was glaubt ihr, wie toll der Sound sein könnte, wenn so viele verschiedene Instrumente erklingen!" Unser Pastor sieht richtig begeistert aus. „Ich habe schon mit ihm gesprochen. Nächsten Sonntag ist doch unser Motto ‚Hobby', und da gibt es viele Lieder, die man einbauen kann."

„Au ja!", freut sich meine Schwester. „Ich wollte bisher kein Instrument lernen, aber das mit den … den Boom…dingern macht richtig Spaß! Und ich ziehe mein Ballettkostüm an!"

Auch ich lasse mich anstecken. „Ich bin auch dabei! Ich kann doch im Tennisdress Gitarre spielen?"

Jo nickt. „Auf jeden Fall. Aber das ‚ABEKI' machen diesmal die Jugendlichen. Ich hoffe nur, dass ich außer Ron und Louis noch einige andere erreichen kann. Heute sind nicht so viele gekommen, aber ich werde nächste Woche die weiterführende Schule besuchen, vielleicht kann ich sie überreden. Jetzt aber gibt es Würstchen!"

Annika und ich rennen zum Grill und ich vergesse völlig, die Sache mit dem Paddeln noch einmal anzusprechen.

„Papa sagt, ich kriege das Schlagzeug schon zu Weihnachten!" Bastian hält ein Brötchen in der Hand und spricht mit vollem Mund. „Meine Eltern geben mir den Rest des Geldes. Dafür hat sich das heutige Cajon-Spielen doch gelohnt!"

Auch wenn ich mich für ihn freue, finde ich seinen Spruch ziemlich daneben.

„Also mir hat das Musikmachen auch so Spaß gemacht", sage ich. „Und wir sollen nächsten Sonntag in der Kirche weitermachen! Als richtige Band, zusammen mit der Orgel!"

„Ohne mich", sagt Bastian unverblümt. „Hab ich dir schon gesagt: Auf Kirche hab ich keinen Bock!"

Damit habe ich nicht gerechnet. Ich dachte, dass ihm das gemeinsame Musizieren ebenfalls Spaß gemacht hatte.

„Aber es hat dir doch heute gefallen?", hake ich nach.

„Na und?" Mein Freund zuckt mit den Schultern. „Hier am See ist es wie auf einer geilen Bühne, aber in der Kirche sitzen nur alte Leute."

Wer trägt die Schuld?

Eine Stunde später sind schon viel weniger Leute auf der Wiese. Auch Oma ist bereits weg und außer, dass sie mich fürs Gitarrespielen gelobt hat, fielen ihr nur negative Dinge über den Pfarrer und den „Möchtegerngottesdienst", wie sie ihn nannte, ein. Die Lieder fand sie „sinnlos und schrecklich", den Ort „völlig daneben" und Jos Art „einfach nur unmöglich".

„Er weigert sich, wie ein anständiger Pastor auszusehen und sich so zu benehmen, und das darf sich unsere Gemeinde nicht gefallen lassen! Wir sollten abrocken! Das hat er doch wahrhaftig gesagt! Wir sind doch nicht bei irgendwelchen Rocker-Hottentotten!"

Ich glaube, dass sie ihm das genauso auch gesagt hatte, und frage mich, ob Jo sich noch mehr unangenehme Dinge anhören musste. Er hatte sich die ganze Zeit mit verschiedenen Gemeindemitgliedern unterhalten, und nicht alle hatten ihn dabei freundlich angelächelt.

Dabei ist er doch richtig cool!

„Lukas!" Annika steht plötzlich vor mir. „Gleich soll die erste Bootrunde losgehen. Meinst du echt, dass wir nicht einsteigen dürfen? Wir müssen Mama und Papa noch einmal fragen! Das können die doch nicht machen! Wir sitzen schließlich im Boot und schwimmen nicht daneben! Ist doch egal, wenn das Wasser kalt ist!"

„Meine Eltern haben nichts dagegen", sagt Bastian und klingt richtig aufgeblasen.

„Ja, gib nur weiter so an!", fauche ich. „Du machst heute das ganze Programm mit und dann verdrückst du dich wieder."

Er sieht mich erstaunt an. „Ey, was ist denn los? Warum bist du so aggro?"

„Es nervt mich, dass du nur daran interessiert bist, was für dich gut ist! Jetzt, wo du dein Schlagzeug bekommst, ist dir die Kirchenband egal, bevor sie überhaupt richtig zustande kommen konnte!"

Ich drehe mich um und lasse ihn stehen.

Annika folgt mir. „Gehen wir Mama und Papa fragen, ob wir doch noch mitpaddeln dürfen?"

„Kannst du gern machen", antworte ich achselzuckend. „Ich bin mir ziemlich sicher, dass sie wieder Nein sagen werden. Wobei ich mich frage, was die für ein Problem haben."

Ich schlendere zum Steg, wo Pfarrer Jo sein Boot bereit macht. Es ist aus Holz, hat einige Bänke und auf jeder Seite zwei Paddel. Etwa fünfzehn Kinder stehen aufgeregt um ihn herum und warten wohl darauf, mitgenommen zu werden.

Ich bin wütend auf Mama und Papa und Bastian und die ganze Welt!

„Ich kann immer sechs von euch mitnehmen", sagt Jo und hält ein paar Schwimmwesten in die Höhe. „Wer will zuerst?"

Voller Neid sehe ich zu, wie die ersten Kids in das Boot einsteigen. Vier von ihnen bekommen ein Paddel in die Hand gedrückt. Dann gibt Jo das Zeichen, und alle fangen an, gleichmäßig zu paddeln.

Annika kommt angelaufen. „Mama und Papa kommen gleich. Sie wollen es sich genauer ansehen", berichtet sie atemlos. „Vielleicht dürfen wir doch noch mit!"

Was denn anschauen?! Eltern kann man manchmal nicht verstehen!

Gerade, als die zweite Gruppe ihre Runde über den See dreht, tauchen meine Eltern auf.

„Oh, die Kinder haben Schwimmwesten um, das ist gut", sagt Papa.

„Und der Pastor scheint das Boot lenken zu können", ergänzt Mama.

Ja, was haben die denn gedacht?

„Also? Dürfen wir auch?" Annika schlägt einen bittenden Ton an.

„Ach, ich weiß nicht ..." Unsere Mutter scheint noch immer irgendwelche Bedenken zu haben. „Ihr wart beide bis vor Kurzem erkältet, und das Wasser ist so kalt ..."

„Boah! Wir wollen doch nicht schwimmen!", rufe ich wütend. „Du gönnst uns nie einen Spaß! "

Papa hebt die Augenbrauen hoch. „Na, na, jetzt krieg dich wieder ein, Lukas."

„Ist doch wahr!"

Bastian und sein Vater gehen an uns vorbei.

„Lukas, Annika? Kommt ihr?", ruft mein Freund und tut so, als ob nichts gewesen wäre.

„Meinetwegen", sagt Papa seufzend, „vielleicht sollten die beiden doch unter die Seeleute gehen!"

„Ja! Ja! Ja!", ruft meine Schwester.

Ich sehe Mama hoffnungsvoll an, und sie nickt langsam. „Okay, aber seid vorsichtig! Ich habe Angst, dass ihr ins Wasser fallen könnt! Pfarrer Kruse hätte diese Verantwortung niemals ...“

Mehr höre ich nicht, denn ich ziehe meine Schwester an der Hand und wir laufen zum Steg, wo gerade das Boot wieder anlegt.

Bastian klopft mir auf die Schulter. „Ihr dürft also doch. Das ist cool. Meine Mutter meint, der Pastor ist wirklich gut drauf.“

Ich wünschte, auch meine Eltern würden es genauso sehen und Jo nicht mit so viel Misstrauen begegnen.

Von meiner Oma ganz zu schweigen!

„Ah, die Kirchenband fährt auch mit“, scherzt Jo und zwinkert uns zu. „Na, Bastian? Soll ich dir das Cajon ausleihen, bis du ein eigenes Schlagzeug zu Hause hast? Bei mir steht es doch nur rum, und ich denke, dass du uns in der Kirche noch viel Freude damit bereiten wirst.“

Mein bester Freund wird rot. „Ich … ähm … danke, aber das ist nicht nötig. Ich bekomme ein Schlagzeug zu Weihnachten."

„Das ist ja wunderbar!", freut sich der Pfarrer. „Also musst du nur drei Monate überbrücken. Außerdem können wir vermutlich nicht immer das ganze Schlagzeug in der Kirche aufbauen, also kannst du das Cajon sowieso benutzen."

Bastian schaut zu Boden. „Ich weiß noch nicht, ob ich weiter in der Kirche mitspielen werde", sagt er ziemlich leise.

Jo versteht ihn aber trotzdem. „Ach so", sagt er und sein Gesicht bleibt neutral. „Das ist aber sehr schade. Einen netten Jungen und tollen Musiker wie dich hätten wir gut gebrauchen können."

Wir legen schweigend die Schwimmwesten an, und mein Freund schaut die ganze Zeit zu Boden.

„Annika und ich machen aber mit", sage ich schließlich. „Und ich freue mich schon darauf!"

„Ich mich auch!", fügt meine Schwester hinzu. „Weißt du, Jo, der Hobby-Gottesdienst wird bestimmt cool! Meine Freundinnen kommen auch alle mit. Lena und Alissa mit ihren Reitklamotten, Emily will ihre Kuscheltiersammlung mitschleppen und Ronjas Hobby sind ihre Meerschweinchen. Sie bringt sie in einer großen Kiste mit!"

Der Pastor lacht. „Hört sich gut an! Da bin ich aber gespannt! Jemand erzählte vorhin, dass er einen Hasen mitbringt. Gut, dass deine Freundinnen nicht auch noch ihre Pferde in die Kirche führen, Annika!"

Jetzt müssen wir alle lachen, und die unangenehme Situation ist vorbei. Ich nehme mir vor, Bastian morgen trotzdem noch ein letztes Mal zu fragen, ob er es sich nicht doch anders überlegen will.

Während zwei weitere Jungen und ein Mädchen noch einsteigen und wir uns alle zu zweit hintereinander in das Boot setzen, drückt Jo unter anderem Bastian und mir die Paddel in die Hand.

„Zuerst ein paar Regeln: Im Boot bleiben wir alle sitzen. Niemand steht auf. Ihr haltet euch immer am Rand fest. Diejenigen, die die Paddel haben: Schön auf mein Kommando lospaddeln. Gleichmäßig und im Takt. Drei und vier, drei und vier, drei und vier! Versteht ihr das?"

„Wir sind Musiker", antwortet Bastian. „Mit Takt kennen wir uns aus."

Als der Pfarrer das Startzeichen gibt, klappt es sogar erstaunlich gut. Wir fahren ziemlich zügig in Richtung Seemitte los.

„Mama winkt und winkt", lacht Annika. „Als ob wir eine lange Reise machen."

Pfarrer Jo zählt laut mit, und wir haben mächtig Spaß.

„Ahoi, Kameraden!", ruft ein Junge von hinten. „Das sagen die Matrosen doch immer! Schiff ahoi! Und Jo ist unser Käpt'n. Schade, dass hier keine Wellen sind, ein bisschen könnte es doch schaukeln!"

Bastian bewegt sich hin und her, und das Boot wackelt ein wenig mit.

„Schön ruhig sitzen bleiben!", ermahnt uns Jo.

Mein bester Freund stößt mich in die Seite. „Du … Lukas? Ich habe mir das noch mal überlegt … mit der Band. Es könnte doch ganz cool werden." Er wackelt wieder leicht.

Ich sehe ihn an. „Ist das dein Ernst? Du machst mit? Ganz bestimmt? Kann ich mich darauf verlassen?"

Bastian grinst. „Waren das vier Fragen? Dann viermal Ja! Versprochen."

„Jetzt machen wir eine Wende, damit wir zurückfahren können." Das ist Jo und er zeigt uns, wie wir die Paddel einsetzen müssen, damit das Boot eine Kurve macht.

„Krass!", rufe ich begeistert.

Jetzt, wo ich weiß, dass wir eine echte Band sein werden, bin ich richtig übermütig. „Ich wollte schon immer segeln lernen! Ist das dein Hobby, Jo?"

Der Pfarrer nickt. „Alles, was mit Wassersport zu tun hat", antwortet er. „Segeln und surfen und natürlich schwimmen. Achtung, jetzt geht es zurück! Wir fangen wieder an zu paddeln! Drei und vier, drei und vier!"

Das Boot nimmt richtig Fahrt auf, und wir jauchzen auf vor Begeisterung. Das Ufer ist nun nicht mehr weit entfernt, und wir sehen, wie uns unsere Eltern beobachten. Nur noch ein kleines Stück, dann sind wir da.

„Wir müssen das Tempo drosseln. Dreiii-und-vieeer, dreiii-und-vieeer!", kommandiert unser Kapitän betont langsam.

„Und jetzt noch ein bisschen Wellengang!", ruft Bastian und schaukelt ein wenig hin und her.

Es macht Spaß!

„Eine besonders hohe Welle!", rufe auch ich und wackele ebenfalls im Boot herum.

„Hört sofort auf damit!", ruft Jo, aber ich achte nicht auf ihn.

Wegen der heftigen Schaukelbewegung rutscht mir nämlich plötzlich das Paddel aus der Hand!

„Mist!" Ich stelle mich halb hin und beuge mich nach rechts, um danach zu greifen, und merke selbst, dass das Boot plötzlich noch viel mehr schaukelt und sich gefährlich zur Seite neigt.

„Uaaah!", ruft Annika.

„Lukas, setz dich!" Das ist Papa.

„Aufhören! Sitzen bleiben!", schreit der Pfarrer, doch da passiert es schon: Das Boot kippt noch zweimal hin und her, es wird heftiger und heftiger, – dann neigt es sich komplett nach rechts – und wir fallen alle ins Wasser hinein!

Etwa zwei Meter vom Bootssteg entfernt.

„Lukas!"

„Annika!"

„Oh, nein!"

Das sind eindeutig Mama und Papa.

„Boh, ist das kalt!"

„Iiiiiiih!"

„Hilfeee!"

„Kaaaalt!"

„Uaaah!"

Diese Stimmen kommen von uns Kindern.

„Basti!"

„Hilfeeee!"

„Lenny!"

„Vivian!"

„Kinder, schwimmt zum Steg und nicht zum Boot zurück!"

„Jetzt tu doch was!"

„Was denn? Soll ich hinterherspringen?"

Noch mehr entsetzte Elternstimmen.

„Gib mir deine Hand!"

„Ich wusste es!"

„Wir brauchen Handtücher!"

„Komm her!"

Die Stimmen der Eltern vermischen sich mit unseren Rufen. Auch Jo treibt uns an, Gas zu geben. „Ihr müsst schnell hinaus!" Mama hatte recht: Das Wasser ist wirklich

ziemlich kalt. Natürlich tragen uns die Rettungswesten, aber ich fühle, wie sich meine Kleidung mit Wasser füllt.

Ich schaue nach meiner Schwester, doch Annika wird schon von Papa und Bastians Vater aus dem Wasser gezogen.

Keine Minute später stehen wir alle lachend, aber auch frierend am Ufer. Jo klettert ebenfalls hinaus und macht das Boot fest.

„Jetzt müsst ihr aber schnell nach Hause, euch aufwärmen!", ruft er.

Mama schreit Papa an, dass er irgendwelche Decken aus dem Kofferraum holen soll, und hilft meiner Schwester, die Schnürsenkel ihrer Turnschuhe aufzumachen.

„Ggganz schön wwwackelig, so ein Bbboot", sage ich zähneklappernd. Die Sonne scheint zwar, aber kalt ist mir natürlich trotzdem. Zum Glück eilt uns Papa mit zwei Fleecedecken entgegen.

„Hier, legt euch das um!" Er packt mich ein, und Mama macht das Gleiche bei Annika,

die soeben aus den Schuhen Wasser aus-
kippt. „Alles pitschepatschenass!"

„Das war ja ein Wellengang!", lacht Bastian
und winkt mir zu, während er von seinen
Eltern mitgezogen wird.

„Wir sind dann weg!", rufen sie.

Auch die anderen Familien machen sich
umgehend auf den Heimweg. Pfarrer Jo, der
selbst klatschnass ist, läuft zwischen uns
allen hin und her und sieht sehr besorgt
aus. „Trinkt etwas Heißes!"

„Sie!" Meine Mutter geht mit erhobenem
Zeigefinger auf ihn zu und scheint vergessen
zu haben, dass sie ihn bereits duzt. „Sie haben meine Tochter und meinen Sohn in Gefahr gebracht! Sie sind schuld, weil sie ... Partys machen wollen und Spaß verbreiten! Ich
werde mich über Sie beschweren! Das hätte
auch mitten auf dem See passieren können,
und wer weiß, wie das ausgegangen wäre!"

„Mama!", versuche ich einzugreifen. „Jo
hat keine Schuld. Wir waren das doch mit
dem Wellengang!"

„Misch dich hier nicht ein!", ruft sie mir zu.

„Schon gut, Lukas." Der Pfarrer nickt. „Ich war für euch verantwortlich, da hat deine Mutter recht. Ich hätte besser auf euch aufpassen sollen."

„Aber, nein! Du konntest ..."

„Du bist jetzt ruhig, Lukas!" Mamas Stimme klingt drohend und duldet keinen Widerspruch. Ich verstumme.

„Ihr seid noch Kinder und habt die Gefahr nicht erkannt. Es hätte sonst noch was passieren können! Wir gehen jetzt alle schleunigst nach Hause und ich hoffe, dass ihr nicht krank werdet! Und wir, Pfarrer Jo, wir sprechen uns noch!"

Mit Flossen in die Kirche?

Nachdem wir ziemlich heiß geduscht und uns dick angezogen haben, gibt es Milch mit Honig. Und dann versuchen Annika und ich, unseren Eltern zu erklären, dass Jo keine Schuld am Kentern des Bootes trägt.

„Er hat uns sogar ermahnt!"

„Und hat die ganze Zeit aufgepasst!"

„Das ist ja wohl das Mindeste!", findet Mama. „Nehmt ihn nicht in Schutz! Er war für euch verantwortlich!"

„Aber Basti und ich haben mit dem Schaukeln angefangen und dann ist es außer Kontrolle geraten! Er konnte doch nicht wissen, dass wir so stark wackeln würden!", beteuere ich. „Wir wollten Wellen nachmachen!"

Papa zieht die Augenbrauen hoch. „Das war bisher das Dümmste, das du je gemacht hast, Lukas."

„Das weiß ich jetzt auch", gebe ich zerknirscht zu. „Es tut mir leid."

Mama ist immer noch sehr aufgebracht. „Trotzdem. Ich bleibe dabei: Der Pastor hätte aufpassen müssen!"

Es klingelt an der Tür.

„Sind die Kinder wohlauf? Geht es ihnen gut?", höre ich Omas Stimme.

Sie stürmt hinein und drückt Annika und mich sehr lange.

„Dieser Mann dürfte gar kein Priester sein! Er kann nicht einfach daherkommen und alles nach seinem Geschmack umwerfen! Blödsinnige Lieder singen, die Kinder in Gefahr bringen und die Kirche zu einer …

Rock-Party machen! Abrocken sollten wir! Unfassbar! Eigentlich müsste man da sogar den Papst einschalten!"

„Na, der hat wohl andere Probleme als unsere kleine Gemeinde hier", lässt Papa verlauten.

„Abrocken ist doch cool!", sagt meine Schwester. „Was ist denn so schlimm daran?"

„Und Jo hat jeden Sonntag eine andere Idee für den Gottesdienst!", rufe ich.

Oma schüttelt den Kopf. „Der Gottesdienst braucht keine Ideen, das ist doch Quatsch. Und Partys sowieso nicht."

Ich fühle mich hilflos und habe Angst, dass die Leute es schaffen werden, Jo wieder zu vertreiben. Dann wird es keine Band und keine coolen Messen mehr geben.

„Oma", sage ich. „Wegen Jo habe ich mich auf diesen Sonntag gefreut! Und auf den nächsten freue ich mich auch!"

„Wir stellen uns sogar den Wecker, damit wir pünktlich sind!", sagt auch meine

Schwester. „Was ist so schlimm daran, dass wir uns auf die Kirche freuen?"

Mir fällt etwas ein. „Jo hat gesagt, dass wir mit Gott reden und ihn um alles bitten können. Ich werde ihn jetzt jeden Tag darum bitten, dass ihr nicht mehr böse auf unseren Pastor seid und ihm erlaubt, weiter coole Messen zu machen. Er ist wirklich nett und kümmert sich um alle. Ich bin sicher, wenn du ihn fragst, dann hilft er dir auch, dich mit deiner Freundin Irene zu vertragen. Jo hat ganz viele, echt gute Tipps!"

Oma macht den Mund auf ... und schließt ihn wieder. Offenbar fällt ihr nichts ein.

Auch meine Eltern schweigen.

Wie aufs Stichwort bimmelt es schon wieder an der Tür. Papa geht nachschauen und als er eine Minute später zurückkommt, steht hinter ihm ... Pfarrer Jo!

„Wir haben überraschenden Besuch", verkündet mein Vater und wechselt mit Mama einen Blick.

Der Pastor räuspert sich. „Hallo. Lukas? Annika? Konntet ihr euch aufwärmen?"

Wir nicken, und das scheint ihn zu freuen.

„Das ist gut. Ich wollte ... mich noch einmal bei euch allen entschuldigen, weil ich nicht aufgepasst habe", sagt er und sieht uns alle der Reihe nach an. „Deshalb besuche ich jetzt noch alle Familien, deren Kinder ins Wasser gefallen sind. Ich bin so froh, dass ihr wohlauf seid!"

„War doch nicht so schlimm!", falle ich ihm ins Wort.

„Doch." Jo sieht mich ernst an. Dann richtet er sich an meine Eltern. „Ich hatte die Verantwortung. Deshalb wollte ich euch mitteilen, dass ich mir meiner Schuld bewusst bin und morgen um Versetzung bitten werde."

„Was heißt das?", will meine Schwester wissen.

„Er will in eine andere Gemeinde gehen", sagt Papa.

„Nein!", ruft Annika.

„Aber warum denn?" Ich bin entsetzt. Eigentlich erwarte ich, dass meine Eltern und meine Oma vor Freude unter die Decke springen.

Sie haben es also geschafft!

Schneller, als erwartet!

„Vielleicht passt ein anderer Kollege besser zu der Gemeinde", setzt Jo erklärend an.

„Ich mache wohl zu viele Fehler."

„Nein!", rufen Annika und ich gleichzeitig. „Du darfst nicht wieder weggehen!"

„Wir wollen doch den Hobby-Gottesdienst machen!", sage ich bittend. „Und noch andere Ideen entwickeln! Und die Band sollte spielen! Basti ist jetzt auch dabei, obwohl er sonst jeden Sonntag ausschlafen will!"

„Und wir kommen sowieso!", erklärt Annika. „Und ich muss nicht mehr Angst haben, dass mir vom Wein... Weihrauch schlecht wird."

Jo zuckt bedauernd mit den Schultern. „Ich hoffe, dass mein Nachfolger euch das mit der Band weiter erlaubt. Ihr habt echt tolle Musik gemacht!"

Papa räuspert sich. „Haben Sie ... ähm ... hast du gewusst, dass heute fast so viele Leute zum Spielplatz gekommen sind wie sonst nur an Heiligabend?", fragt er. „Das hat mir vorhin der Vorsitzende vom Pfarrgemeinderat am Grill erzählt."

Jo schüttelt den Kopf. „Wusste ich nicht."

„Zugegeben, deine Methoden sind ... ungewöhnlich, aber sie scheinen sehr gut anzukommen."

„Vor allem bei den jüngeren Generationen, und auf die kommt es schließlich an", schaltet sich auch Mama ein. „Auch wenn ich trotzdem sagen muss, dass ich am See große Angst um meine Kinder hatte."

„Das verstehe ich vollkommen und deshalb kann ich mich nur immer wieder entschuldigen", antwortet Jo. „Und die Konsequenzen ziehen."

Papa sieht wieder Mama an. „Ähm... also vielleicht sollten die Konsequenzen nicht so drastisch sein. Es ist ja zum Glück gut ausgegangen."

Mamas Blick wandert zu Annika und zu mir. „Es war alles zu viel auf einmal." Dann schaut sie Jo an. „Aber es ist gut, dass Sie ... dass du dich entschuldigt hast. Und ich denke auch, dass wir alle noch etwas mehr Zeit brauchen."

Worauf wollen sie hinaus?

Ich kapier das nicht!

„Manchmal sollte man feste Strukturen aufbrechen, um neue und bessere Erfahrungen zu machen", sagt Jo. „Aber das mit dem Bootfahren war ein Fehler, das weiß ich jetzt."

„Menschen machen Fehler, und ein Pastor ist auch ein Mensch", sagt Papa lächelnd. „Ich finde, dass du dir das mit dem Versetzungsgesuch noch einmal überlegen solltest. Unsere Gemeinde braucht dich!"

Oma zieht hörbar Luft ein, schweigt aber.

Mama dagegen scheint zu lächeln!

„Ich dachte, ihr freut euch, wenn ich wieder weg bin", antwortet Jo und klingt unsicher.

„Auf keinen Fall!", rufe ich, und Papa nickt.

„Vergiss die Versetzung. Ich schätze, viele werden sich noch daran gewöhnen müssen, aber du solltest weiter so ... innovativ und motivierend sein."

„Und was bedeutet das jetzt?", will Annika wissen.

Mama legt ihr einen Arm um die Schulter.

„Es bedeutet, dass wir alle Fehler machen dürfen. Und sie zugeben sollten. Wie Jo, der sich gerade bei uns entschuldigt hat."

Papa fügt hinzu: „Wir sollten mehr auf euch Kinder hören! Pfarrer Jo hatte von Anfang an jede Menge guter Ideen."

Oma sagt immer noch nichts.

In mir keimt Hoffnung auf. „Wollt ihr damit sagen, dass Jo bleiben soll?", frage ich geradeheraus.

Meine Eltern wechseln wieder einen Blick miteinander, und dann zwinkert mir Papa zu. „Ja, Mama und ich möchten nämlich am kommenden Sonntag unbedingt unsere Taucheranzüge tragen. Das ist schließlich unser Hobby."

„Darüber reden wir noch, das ist noch nicht ausdiskutiert!", protestiert sie.

„Zum Gottesdienst?" Annika hüpft vor Aufregung und kichert. „Wirklich? Mit Flossen?"

Oma findet ihre Sprache. „Ist das euer Ernst? Ich sollte ..."

„... dich umgehend mit Irene versöhnen", fällt ihr Mama ins Wort. „Sie wartet doch nur auf ein Zeichen von dir! Du solltest den ersten Schritt machen – auf den Friedensgruß in der Kirche brauchst du nicht zu warten! Vertragt euch, weil ihr Freundinnen seid und euch gern habt!"

Jo sieht immer noch unsicher aus, aber er nickt. „Ich sollte dann vielleicht noch einmal über alles nachdenken, meint ihr? Aber ich besuche erst die anderen Familien."

Papa sieht Mama an. „Da wirst du nichts anderes hören. Als wir heute Morgen

gesehen haben, wie viel Freude du den Kindern bereitet hast, waren wir uns einig, dass du alles richtig machst. Der … Zwischenfall am See wird ganz schnell vergessen sein. Bitte, bleib auf jeden Fall in unserer Gemeinde."

Ich sehe meine Eltern an und bin auf einmal total stolz auf sie.

„Jo!", sagt unterdessen Annika. „Mama und Papa hast du auch schon überzeugt, und das ist echt nicht einfach! Du darfst auf keinen Fall gehen! Jetzt musst du dir für die nächste Zeit noch vornehmen, meine Oma, Irene und ihren Seniorenclub an deine Seite zu ziehen."

Ich hake mich bei Oma unter. „Jo, ich habe eine super Idee", erkläre ich grinsend. „Wie wäre es, wenn ihr gemeinsam eine richtig tolle Party veranstaltet? Weißt du, unsere Oma wollte schon immer mal in der Kirche so richtig abrocken!"

 *Sabine Zett* schreibt seit Jahren sehr erfolgreich humorvolle Kinder- und Jugendbücher sowie Frauenromane. Es war ihr eine Herzensangelegenheit, ein christlich geprägtes Kinderbuch zu verfassen, das zugleich witzig ist, aber auch zum Nachdenken anregt.

 Der Illustrator Thorsten Saleina, geboren 1970 in Stade, studierte an der Fachhochschule für Gestaltung in Hamburg Kommunikationsdesign. Mit viel Liebe zum Detail illustriert er heute Kinder- und Geschenkbücher und beweist mit seinem Witz, dass man religiöse Themen auch humorvoll angehen kann.

Herders
großer Bibelklassiker

ISBN 978-3-451-71178-7
Ab 5 Jahren

HERDER

Spannende Geschichten rund um den Glauben

ISBN 978-3-451-71213-5
Ab 8 Jahren

ISBN 978-3-451-71094-0
Ab 8 Jahren

Wer hat die
Bibel geschrieben?

ISBN 978-3-451-71247-0
Ab 8 Jahren

In 5 Kapiteln erfährst du alles rund um die Bibel,
den Glauben, die Kirche und das Kirchenjahr

HERDER

Beten und verstehen

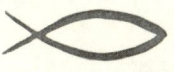

ISBN 978-3-451-71271-5
Ab 8 Jahren

ISBN 978-3-451-71291-3
Ab 8 Jahren

Ökumenisch einsetzbar!